◆ 全国网络媒体行

展示真实的、发展的、幸福的社会主义新西藏

冬行西藏

西藏自治区党委网信办◇编

西藏人民出版社

图书在版编目（CIP）数据

冬行西藏 / 西藏自治区党委网信办编著. -- 拉萨 :
西藏人民出版社，2017.9

ISBN 978-7-223-05682-3

Ⅰ. ①冬… Ⅱ. ①西… Ⅲ. ①新闻报道—作品集—中
国—当代 Ⅳ. ① I253

中国版本图书馆 CIP 数据核字（2017）第 210747 号

冬行西藏

编　　者	西藏自治区党委网信办
责任编辑	曾　恒
策　　划	天利文化
出　　版	西藏人民出版社（拉萨市林廓北路 20 号）邮政编码：850000 打击盗版：0891-6649998
印　　刷	三河市聚河金源印刷有限公司
经　　销	全国新华书店
开　　本	16 开（710×1 000）
印　　张	15.5
版　　次	2017 年 10 月第 1 版第 1 次印刷
标准书号	ISBN 978-7-223-05682-3
定　　价	60.00 元

“冬行西藏”
全国网络媒体行启动

西藏自治区党委常委、宣传部部长、区互联网党工委副书记边巴扎西与“冬行西藏”全国网络媒体团一行座谈。

2016年12月19日上午，由中央网信办网络新闻信息传播局指导协调，西藏自治区党委网信办主办的“冬行西藏”全国网络媒体行启动。西藏自治区党委常委、自治区副主席、区党委宣传部部长、区互联网党工委副书记边巴扎西同以中央网信办网络新闻信息传播局副局长唐宋为总领队的“冬行西藏”全国网络媒体团一行座谈。

边巴扎西在与媒体团座谈中表示，中央网信办始终高度重视西藏工作，十分关心西藏网信事业发展，此次举办“冬行西藏”活动是贯彻落实习近平总书记关于新闻舆论工作重要讲话精神的具体举措，对正面宣传西藏具有重要现实意义。他还以生动的事实和翔实的数据，全面介绍了西藏的基本情况、辉煌历程、发展成就及当前西藏的大好形势。他说，西藏正处于历史上稳定发展的最好时期之一。他希望记者们深入基层、深入一线、深入群众，把真实的、发展的、幸福的社会主义新西藏展示给世人。

唐宋表示，此次“冬行西藏”全国网络媒体行活动将紧紧围绕习近平总书记的重要讲话精神，大力宣扬“老西藏精神”和“两路精神”，宣传好、报道好西藏各族干部群众在区党委、政府的坚强领导下，大力推进经济发展、社会稳定、民生改善和生态文明建设的生动实践，展示好大美西藏的新风采、新风貌。

据悉，此次采访活动共有人民网、新华网、央视网、中国网和新浪、网易、腾讯、搜狐、凤凰等22家中央和商业网络媒体参与，将利用一周时间深入拉萨、山南两市进行实地采访报道。

座谈会现场

中央网信办网络新闻信息传播局副局长　唐宋

此次“冬行西藏”全国网络媒体行活动将紧紧围绕习近平总书记的重要讲话精神，大力宣扬“老西藏精神”和“两路精神”，宣传好、报道好西藏各族干部群众在区党委、政府的坚强领导下，大力推进经济发展、社会稳定、民生改善和生态文明建设的生动实践，展示好大美西藏的新风采、新风貌。

“冬行西藏”活动时间安排为2016年12月19日至25日，采访团将分为拉萨和山南两个采访组

拉 萨 组

12月19日 达孜县

15:30至18:00采访团前往达孜县采访精准扶贫易地搬迁。

12月20日 林周县

上午采访卡孜乡扶贫攻坚搬迁点、水库情况。

下午采访江夏乡扶贫攻坚搬迁点情况。

12月21日 当雄县

上午前往羊八井合作社、以温泉推动当地精准扶贫的那多村7组集中搬迁安置点。

12月22日 墨竹工卡县

上午前往达嘎则新区、墨竹工卡县异地小康安居点、墨竹印象合作社。

12月23日 尼木县

前往尼木乡乌米农业开发区养殖基地、藏香合作社、藏文博物馆。

12月24日 堆龙德庆区、曲水县

前往堆龙德庆区乃琼镇波玛村、曲水县才纳乡净土健康产业园区、四季吉祥村。

山南组

12月19日

山南市委书记张永泽与采访团一行座谈。

12月20日

09:30 采访山南市脱贫攻坚指挥部；13:00 前往洛扎县。

12月21日

09:30 前往洛扎县色乡、生格乡采访。

12月22日

前往山南贡嘎县德吉新村采访。

12月23日

09:00 前往错那县采访错那县县城整体环境功能提升项目；15:30 前往麻麻门巴族乡采访麻麻门巴族乡生态文明小康示范村。

12月24日

08:30 至 16:10 前往桑日县绒乡吉荣村采访易地搬迁情况。

12月25日

前往贡嘎县民族团结家庭。

目录 Contents

【中国新闻网】......112

【澎湃新闻网】......125

【中国西藏网】......129

【中国西藏新闻网】......164

网媒报道

【新华网】

殷小燕

话山南，古老土地释放年轻的活力

山南，山之南。在地图上看，山南与拉萨仅一山之隔，距离拉萨191公里。来到山南市，就会被她自身形成的强烈对比所吸引——最古老的地方，同时也是最年轻的地方。

山南历来被称为藏民族的摇篮，藏文化的发祥地，这里拥有西藏历史上第一块农田索当，第一个村落雅砻索卡，第一座寺庙桑耶寺，第一座宫殿雍布拉康等诸多西藏历史上的“第一”。至今，这些“第一”都还以生生不息的文化内涵影响着山南人。

山南最年轻，2016年5月27日，西藏自治区山南市才正式挂牌成立。迄今为止，她不仅是西藏最年轻的地级市，还是全国最年轻的地级市之一。这个“新新的”山南市，在历史长河中，迈出了前进脚步。

冬行西藏的第二天，一觉醒来，已经是早上八点，天刚蒙蒙亮。与西藏的众多地方一样，山南的早晨十分安静。作为一个地级市，这里的清晨几乎听不到汽车的轰鸣声，嘈杂的叫卖声，也看不到忙碌的身影。

在外观上，山南给人的印象是静悄悄的。然而，接下来的行程，让我对山南有了新的印象。尤其是在山南市脱贫攻坚作战指挥部，不再散发着文文静静的女子气，而是透着一股子“挽起袖子大干一场”的豪壮范儿！

脱贫攻坚指挥部在一栋陈旧办公楼的三楼，一上楼梯，“一个门上三个牌”的景象就令人印象十分深刻，牌子上写着“产业脱贫组、教育脱贫组、社会保障组、易地搬迁组、转移就业组、生态补偿脱贫组、宣传组、规划计划组、政策资金保障组”。工作人员介绍说，由于办公条件有限，几个脱贫小组共用一间办公室。虽然在同一间办公室，但是脱贫工作必须做精做细，不仅要健全组织机构，明确工作责任，确保规划到位，而且所有的脱贫小组都有专人负责，毫不含糊。

楼道的最里面是指挥部大厅，墙上挂着一幅幅清晰的“作战地图”，有“十三五”期间山南市一般贫困户分布图、低保户分布图、五保户分布图以及精准脱贫攻坚作战图，图上用不同颜色标明脱贫情况，红色表示还未脱贫，蓝色是正在脱贫，而绿色则是完成脱贫。从2016年到2018年，山南市计划用三年时间打赢脱贫攻坚战，确保在2020年与全国一道奔向小康。

在墙的另一侧，放着一个大大的文件柜，里面整整齐齐地放满了档案盒。抬头看，文件柜上面还放了好几层。

原来，所有这些档案盒里装的都是贫困户的台帐。

同行的山南市政府副市长、市脱贫攻坚指挥部副指挥长张福臣介绍，为了打赢脱贫攻坚战，山南市实施了“精准识别到户到人”的政策，建立《“一户一档，一人一法”台帐》和《贫困户收入台帐》，根据致贫原因，因户因人精准扶贫。

日前，《2016中国地方政府效率研究报告》发布，山南市在全国292个地级城市中，政府效率排名第三，位居西部地级城市第一名，这也是2016年度政府效率报告中西藏唯一一座榜上提名的城市。以这样的精气神儿脱贫攻坚，山南市得此殊荣，也确实是实至名归。

古老的山南，正释放着年轻的活力。

看雅江从“造林禁区”到“绿色长廊”

冬行西藏，我们从拉萨出发，沿着拉贡高速公路一路驶向山南。车子穿过嘎拉山隧道，雅鲁藏布江扑面而来。数条蓝色的水流如丝带般在宽阔的河谷地带悠悠哉哉地铺开着，穿过片片树林，浩浩荡荡向东流去。

西藏的水最惹人喜爱，它个性十足，透着幽幽的蓝，蓝得不食人间烟火，却又深入人心，总会令观赏者几度目光流转，不忍离去。

李白有句诗说：“黄河之水天上来”，西藏的水更是从天上来的。雅鲁藏布江发源于喜马拉雅山北麓、海拔5300多米的杰马央宗冰川，是我国最长的高原性河流，流经日喀则，孕育了丰富的后藏文化。而在山南，这条河流更是功勋卓越。可以说，山南是藏文化、藏民族的发源地，而雅鲁藏布江则是藏源山南之源。

就是这条“藏源”之水，雅鲁藏布江两岸的风沙问题曾经也令沿江的百姓困扰不已。由于河水经年累月的冲刷，加上雨季和旱季流水量差异巨大，每到冬天，大片的河滩就裸露出来，冬季风大，导致雅江河谷地带沙化明显。上了年纪的人都还清晰的记得，以前每到春冬季节，风沙就开始肆虐。

针对风沙之苦，上个世纪八十年代初开始，山南就开始植树造林。山南市副市长张福臣回忆道：“还记得，大家每人头上都有分派的任务，一人十棵树……那时候，夏秋季节雅江北岸沙滩上被洪水淹没期长达2个多月，冬春季节更是常有寒冷大风，很多人认为，在这里植树造林基本不可能。”

雅江北岸被几乎定性为“造林禁区”。

不去尝试怎么知道种不活！山南市尝试着修筑“丁字坝”，采取大苗深栽的措施，硬是把树根扎在了雅鲁藏布江上。

2006年开始，山南雅江沿岸被列为西藏自治区国家级防沙治沙综合示范区。雅江两岸开始大规模防沙治沙、植树造林。

2014年，为了涵养水源、防风固沙，西藏又在集中了全西藏80%以上人口的“两江四河”（即雅鲁藏布江、怒江及拉萨河、年楚河、雅砻河、狮泉河）流域，开展造林绿化工程。据雅江河谷（曲水—桑日段）典型观测区的统计结果表明，这里灾害性沙尘天气由2000年的85天下降至2014年的32天。

如今山南市在雅江边上种下的树超过4500万株，建成防护林面积达45万亩，在贡嘎县至桑日县形成了一条长达160公里，平均宽度1800余米的绿色长廊。

这160公里的绿色长廊，不仅大大改善了雅鲁藏布江两岸的生态环境和气候条件，还有效地保护了沿江的数万亩农田、草地和交通水利设施。

沿着雅江河谷行走，一路上到处可见河滩谷地上的一片片杨树林、柳树林。杨树探着头，企图触摸天空，而柳树则泛着隐隐的红色，满是不服输的样子，对着冬天叫嚣。这些景象，于行走的人来说，正是美景一幅！

“产业链式”扶贫，让残疾人也有自己的舞台

走进西藏山南市洛扎县残疾人就业培训基地，屋内明晃晃的阳光让人感到现场热烈的气氛。门口是一张大剪裁桌，上面还残留着碎布头。屋内各处坐着十来个人，有手持针线的，有拨动缝纫机的，还有编织篮子的……

坐在墙角的一位小姑娘格外吸引目光。她手中拿着两块黑色的氆氇，感觉有些焦虑，看似还在练手。小姑娘把氆氇搭在双腿上，认认真真地穿针引线着，她上身穿着一件牛仔外套和一件黑色的高领毛衣，辫子上还扎着硕大的头花，一看就是个爱美的小姑娘。

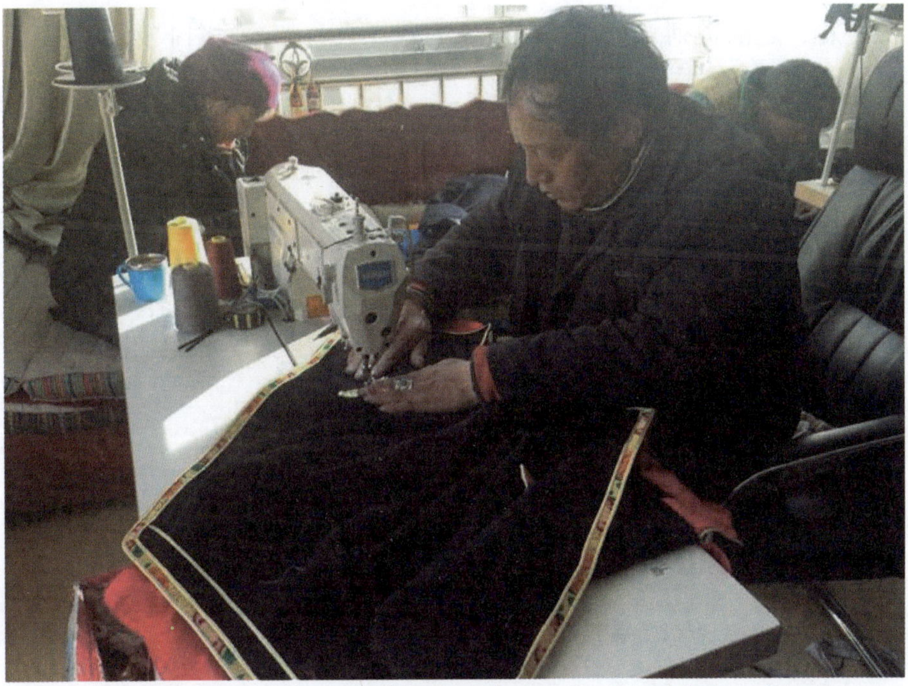

2016 年 12 月 22 日，图为洛扎县残疾人就业培训基地一角。

随行的山南市扶贫办主任扎西达娃介绍，小女孩小时候做过两次眼部手术，双目视力不佳。一个月前，她来到这里学习手艺，除包吃包住外，每天还能拿到50元补贴。

扎西达娃说："对于残疾人来说，就业的深层意义是能让他们得到足够的关爱和关注。"

由于没有足够的劳动能力，残疾人的贫困发生率很高，也是脱贫攻坚的重点对象，山南市洛扎县因残致贫的有135户346人。2016年5月，洛扎县筹资160多万，在县城建立了一个占地200多平方米的残疾人就业培训基地。目前，培训基地首批培养的32人已全部实现就业。

首批残疾人技能培训顺利完成后，学员们负责为县里的五保户集中供养中心缝制男士藏装、女式藏袍。洛扎县采取这种"产业链式"扶贫后，之前被列入重点扶贫对象的残疾人，如今每月收入最多能达到3000多元。

边民补助提高，五星红旗更艳

2016 年 12 月 21 日，五星红旗照耀下的洛扎县边境小村庄。洛扎县隶属西藏自治区山南市，为西藏的边境县之一。这里地处喜马拉雅山南麓，山高谷深，县内海拔最高处达 7538 米，最低海拔只有 2740 米。近年来，为了不断提高边境农牧民的生活水平，山南市在落实党中央和西藏自治区的惠边惠民政策基础上，还实施了边民补助提标政策，将边境一线村（居）农牧民群众的边民补助标准由每人每年 1700 元提高到现在的 2900 元，让边境农牧民切身感受到了祖国大家庭的温暖和关怀。

五星红旗照耀下的洛扎县边境小村庄

山南严守生态环保底线 建设国家生态文明先行示范区

冬行西藏走进山南后，感触最深的还是山南的碧水蓝天和干净整洁的环境。

西藏山南市于 2014 年被列入国家生态文明先行示范区。围绕建设生态文明先行示范区，打造生态强市，建设美丽山南的目标，山南市严守生态环境保护红线、底线、高压线，不断加强执法监督。

环保审查制度方面，山南市实施了严厉的措施，不断加强项目节能、环境影响、用地、水资源和水土保持等方面的审查，严禁“三高一低”项目进入山南市。在重大规划建设项目审查工作中，环境影响评价执行率达到了 100%。

为确保发展绝不以牺牲环境为代价，山南市全面推行联动执法、

现场督导机制，加强对重大开发建设活动的全程监管，健全“四个一律”处罚制度；建立了不发通知、不打招呼、不定路线、不要陪同、直奔现场、直接曝光的“四不两直”执法检查制度。

在生态文明建设中，山南市不断加大投资力度，每年市级和县级财政都会分别安排不低于3000万元和1800万元专项资金，用于环保项目实施、生态创建、环境综合治理和环境监督检测等工作。此外，山南市在重点乡镇配备了45名环保监督员，在省道101沿线安排了21名保洁员。在努力建设生态文明的同时还带动了就业，这在全区范围内属于首创之举。

近年来，山南市大力实施植树造林、防沙治沙、节能减排等工程，仅2016年山南市就完成植树造林面积52.98万亩；创建了13个自治区级生态镇和65个自治区级生态村居，累计创建完成了234个生态村和43个生态乡(镇)。

目前，山南市羊卓雍措生态环境保护项目和210处农村饮用水源地保护等项目正有序实施。

山南风光

幸福村里的幸福事

德吉，在藏语里是幸福的意思。近日，“冬行西藏”活动在山南市贡嘎县走访的德吉新村，就是一个名副其实的幸福村。

冬天温暖的阳光洒在宽敞的院子里，玉珍正在一楼的阳台上晾晒准备过年用的牛肉，74 岁的老阿妈德吉伦珠走前走后，时而坐下来晒晒太阳，时而拉着女儿聊上几句家常。她乐于这样，反正整个冬天都不忙。

2016 年 12 月 23 日，图为山南市贡嘎县德吉新村一角。

老阿妈德吉伦珠是全村最有名的“好老太”，连村委会的人都夸她心态好，所以看着都年轻，根本不像是七十多岁的人。

到了古稀之年，老阿妈的日子过得很是滋润，人也极其乐观。

人生中唯独有一件事情会让老阿妈不忍回顾，那就是童年。她说：“说起童年，不得不哭呀！”

老阿妈出身农奴家庭，六岁的时候，母亲难产过世，她和两个兄妹被父亲抛弃。当时因交不起租税，被农奴主暴打。而她的两兄妹逃难去了牧区，至今杳无音信。

好在她被亲戚收养，这才赶上了如今幸福生活。

不过，讲这段故事的时候，老阿妈并没有哭。

搬进新房两年，老阿妈更加乐观了。当时住进这套 260 多平米的大房子，家里只出了几万块钱，剩下的由政府出资。以前她家住的房子只有 20 多平米，用水用电都不方便。现在住的房子大了，环境好了，生活质量都跟着上了一个大台阶。

老阿妈说，现在是她这辈子最幸福的时光。女儿大了，有了自己的事业，女婿又很有出息，外孙也已经上学了，家里不仅住上了宽敞明亮的大房子，还有 5 亩地和 5 头牛，不愁吃不愁穿。

2015 年，老阿妈的眼睛动了白内障手术，没花一分钱，医疗费由政府全部报销；孙子上学也享受包吃、包住、包学费的“三包”政策；家里每年还能收到草补、粮补等各种惠民补贴。

2016 年 12 月 23 日，图为山南市贡嘎县德吉新村内的集体牛圈。

这样的生活，老阿妈不再有别的祈求了。她唯一的梦想是：等有一天，孙子生了孩子……她就更加幸福了！

说起等有一天抱上孙子的孩子时，她大笑，差点笑掉了头上的大毡帽。

在德吉新村，像老阿妈德吉伦珠一样幸福的人到处可寻。

德吉新村位于山南市贡嘎县，是远近闻名的生态文明小康示范村，全村总共 66 户 268 人。2013 年，贡嘎县集中政府力量、援藏力量、个人力量，多方面筹措资金，整合资源修建了德吉新村。

德吉新村建成后，贡嘎县组织群众大会，确定整体易地搬迁对象为附近的贫困户和雅江北岸经常受洪水侵扰地区的老百姓。

如今，整体易地搬迁至德吉新村的老百姓已经整体脱贫。村民家家户户有牛羊，有田地，有劳动能力的人外出打工，年人均收入过万都已经不是问题。

走进德吉新村，一排排整齐的藏式二层小楼，家家户户都有自己的独立院落。村里不仅有幼儿园、卫生室、村活动室、商业区，还有集体打麦场和牛圈。

集体牛圈是德吉新村为老百姓打造更好的人居环境所做的一大创举。以前，当地老百姓习惯于将牲畜养在院子里。搬进德吉新村时，所有老百姓家里的牲畜都被统一安置在村后面的集体牛圈里。而且每家每户都有自己单独的“牛屋”。这样一来，整个村里的环境就不再受到牲畜的影响。

以贡嘎县德吉新村生态文明小康示范村为典范，“十三五”期间，山南市将易地搬迁作为脱贫攻坚工作的一项重点任务。目前，山南市易地扶贫搬迁项目已全部开工，已完成投资 7106 万元，共建设了 15 个集中搬迁点，集中率达 78%。

西藏错那：一棵树，抵万金

2016年12月23日，“冬行西藏”活动继续深入走进山南市，来到西藏最南端——错那县。这里一座座特殊的温棚，吸引着人们的目光。

错那县县城海拔4300米以上，常年天气寒冷，是典型的高寒县，树木在这里基本难以成活。多年前，错那人尝试过种树，但没有成功。即使是夏天成活，树苗也难以熬过这里漫长的冬天，加之土质原因，树木在这里的寿命不超过两年。

2016年12月23日，西藏错那县为树苗平安过冬搭建的温棚。

树，俨然成了错那人心中的隐痛。

2013 年，时任错那县县长的布多拿起铁锹，带领群众在县城各处挖下深坑，将不易树苗成长的土质清除，再次种下希望之树，“树进院”工程全面开展。结果成功种下了杨树、柳树及易成活的云杉。

三年过去了，如今错那县县城已经拥有 2000 棵树，种下的树苗成活率达到 90%。

错那人是怎样让小小的树苗坚韧地成长在海拔 4300 米以上的高原呢？答案藏在那刚进县城时看到的一座座特殊的温棚。

一个个长方体立在冬季枯黄的绿化带上，里面是军绿色的棉被，外层是结实的塑料薄膜，从上往下看，里面的小树苗像婴儿般立在温暖的棚里。由于错那县的寒冷天数超过半年，每年从 9 月份开始，树苗放进过冬的温棚，一直到次年 5 月份。如此精心的呵护，对于一棵树的投入不言而喻。

在错那县县城，一棵树可谓抵万金。

冬日雅江，风景如画

雅鲁藏布江（雅江），发源于喜马拉雅山北麓，是我国最长的高原性河流。近年来，随着造林绿化工程的陆续开展，雅鲁藏布江沿岸的环境得到了明显的改善，冬季风沙天数大大减少。没有了风沙，站在江边可以清晰地看见对岸如画的美景。

冬日雅江

【央视网】

何 川

杰德秀的女人不愁嫁，因为她们会织“彩虹”

雅鲁藏布江上下几千里，沿江两岸有个民间说法：“杰德秀的女人不愁嫁，因为她们会织‘彩虹’。”难道杰德秀的女人个个都是织女吗？

2016年12月22日，央视网记者和“冬行西藏”全国网络媒体行山南采访组，一起走进西藏山南市贡嘎县杰德秀镇单增卓嘎家里一探究竟。

工人们正在晾晒毛线

邦典是用最传统的手工艺织成

古镇杰德秀的两大特色

在辽阔的大院中，一条看家狗百无聊赖地晒着太阳，一头牛自由自在地寻觅着主人丢出来的残羹。大院最里头的一排平房里，织机声如同远古乐章，这里就是国家级非物质文化传承世家——单增卓嘎一家的居所。

在进门前，贡嘎县文广局工作人员丛雪讲起了杰德秀的两大特色。

“杰德秀是西藏八大古镇之一，汉语意思是能说会道。‘上印度、下汉地、东走打箭炉（现在的康定县）’这句民谚是对杰德秀最好的概括。杰德秀是西藏历史上著名的物币交换、物物交换贸易中心，西藏的特色手工艺品曾经从这里远销国内外。”丛雪说，这是杰德秀的第一个特色。

杰德秀的第二个特色是邦典，邦典是围裙的意思。

西藏民间还有谚语“挣钱靠耕地，花钱靠邦典”，邦典是西藏妇女服饰中一个不可或缺的组成部分，穿上邦典的女子，或典雅高贵，或婀娜多姿，或华丽艳美，或朴素大方，西藏女子对它异常喜爱，所以这句谚语说得一点也不夸张。

丛雪告诉记者：“邦典宽十二厘米左右，根据花纹和颜色大致可分为下面三种：一种叫噶察，是白色条纹的；一种叫察青，是宽条纹的；一种是降甲则，是彩虹的颜色。最引人注目的是彩虹颜色，系在妙龄妇女腰间，鲜艳夺目，熠熠生辉。所以有杰德秀家家户户织‘彩虹’的说法。杰德秀之所以称为邦典之乡，第一是用料好；第二是工艺细；第三是颜色好，不管怎么洗，几十年不变色。”邦典染色所用的都是纯天然植物、矿石原料。

传承发扬国家级非物质文化遗产

单增卓嘎是国家非物质文化遗产邦典工艺传承人嘎日的女儿，她从13岁开始跟着父母学习编织技艺，为了让更多人了解邦典，单增卓嘎参加了上海世博会等大型展会，还学会了用微信朋友圈推广销售自家产品。

单增卓嘎介绍，杰德秀围裙纺织的工序较多，从一堆羊毛到七彩的邦典，需要经过捻线、染色、织造等10多个步骤。2006年杰德秀邦典编织技艺被列入国家级非物质文化遗产保护名录，他的父亲格桑成为了这项技艺的国家级非物质文化遗产传承人。父亲去世后，由于她的从业年龄不够，由母亲嘎日申报了传承人的名号，单增卓嘎也在申请认证中。

杰德秀的“织女”们

2007年，单增卓嘎一家创办了编织邦典专业合作社，他们家的邦典不仅销售到山南、日喀则、拉萨等地，还远销尼泊尔、不丹及欧洲。

单增卓嘎一家不仅传承了这门技艺，还将其发扬光大。

单增卓嘎的母亲嘎日召集家乡的妇女到合作社一起纺织邦典，现在有固定的25名参与者，她们农忙时可以回家干农活，农闲时过来上班，出勤率高的一个月基本工资有两千多，织成一条邦典另给80元。近些年，连日喀则等地的妇女也纷纷过来学艺，最多时达到60多人。

已经是两个孩子母亲的单增卓嘎说："现在单靠这个，我家一年的纯收入基本能达40到50万左右，周围的乡亲也都一起致富了。"

杰德秀的女人会织"彩虹"，果真名副其实！

单增卓嘎正在给毛线上色

一颗车厘子隐藏的西藏秘密

拉萨以南200公里不到的地方，有一个叫泽当的雪域小镇。2016年12月20日入夜，小镇上街灯明媚，人车杂流。街头一角，摆满山竹、草莓、金桔、柑等各样水果的一排小店，在海拔3500多米高原小镇上的夜色里尤其抢眼。

张先生的水果店里，最前排是80元一市斤的车厘子。

记者随意走进一家没有店名的路边小摊，发现里面水果种类的丰富程度让人惊艳：北、上、广等大城市中能见到的水果这里基本上都有。其中一筐新鲜车厘子，尤其引起我们的好奇：这种价格不菲的反季节水果从哪里来，卖到哪里去？都有谁在消费这些水果呢？

水果店老板张先生肯定地告诉记者："这两个月的客人绝大多数都是本地人，这个车厘子80元一斤，已经是优惠价了，这里的老百姓都很喜欢，吃个稀奇嘛，一筐车厘子三四天就能走完。"

张先生来自四川彭州，进藏做水果生意已经有三、四年时间。三言两语，张先生解答了这些水果的去向，谈到最近的生意状况时，张先生却有所保留："最近生意都不大好，每天就卖两千多块钱，比起旅游旺季是要差得多了。"

十二月是西藏的旅游淡季，游客习惯性断定西藏的冬天一定是冰天雪地，因此选择冬季进藏旅游的游客相比春夏两季少很多。但即便这样，按照张先生的保守说法，这家小水果店的在淡季的月营业额也达到6万元。除去每个月一万元左右的基本开支，按蔬菜水果业30%的毛利润计算，张先生两口子在这个季节月收入最少一万五千元。

这种草莓产自西藏拉萨市的大棚里

“当内地的新朋友问我，你们那里的孩子们上学是不是还要骑马翻雪山的时候，我就默默地拍下在冰天雪地的西藏吃着车厘子，还有本地产的草莓、菠萝、圣女果的照片发给他。”曾在北京上大学的泽当镇本地青年次仁扎西风趣地告诉记者：“今天在西藏习以为常的事情,对于很多不了解西藏近年来发展变化的人来说,就是西藏的秘密。”

据西藏自治区政府官方网站公布，2015 年西藏农牧民人均可支配收入达 8244 元，较上年增长 12%，已经连续 13 年保持两位数的增长。这就是西藏人民可以消费 80 元一市斤车厘子的底气。西藏人民现在的幸福生活，在西藏每一个地方都已经是公开的秘密。

直到采访最后，张先生也没有告诉记者这些车厘子从哪里来。实际上，这也并不神秘：泽当向拉萨方向走大约一百公里就是贡嘎机场。在这里，来自世界各地、全国各地的水果都可以实现当日或者次日到达。也就是说，早上从海南岛摘下来的香蕉，晚上就可以摆在大学生次仁扎西家的客厅里了。

一颗车厘子隐藏的西藏秘密，就是西藏人民已经习以为常的幸福生活。

门巴族姑娘卓玛：我把幸福西藏唱给你听

山南市错那县勒布沟有一群门巴族姑娘，她们从小爱唱爱跳。现在，优雅恬静的“门巴锅庄”不仅是姑娘们擅长展示的舞蹈，还是她们致富脱贫的绝技之一。

2016年12月23日，“冬行西藏”全国网络媒体采访团山南组走进勒布沟，领略了门巴姑娘美丽的舞姿，听到了在祖国边陲小镇奏响的主旋律：脱贫致富，让国门鲜花盛开，歌舞常在。

错那县旅游局局长阿边告诉记者：“勒布沟位于错那县西南部，平均海拔2400米左右，西临不丹，南与印度接壤，是我国西南边陲重要门户之一。勒布沟是一个门巴族集居的地区，居住着西藏近二分之一的门巴族。”

勒布沟风光

从海拔4300多米的错那县城，几乎垂直下降近两千米，就是闻名遐迩的勒布沟。虽是冬季，我们还是能看到青翠挺拔的树木绵延不断。据了解，勒布沟中原始森林区面积达36万亩，植被繁茂，原生态物种达140多种。在勒布原始森林深处有金钱豹、雪豹、小熊猫、猕猴、藏雪鸡等国家重点一类、二类保护动物，偶尔还有孟加拉虎出没。丰富的动植物，使得勒布堪称是天然植被宝库和野生动物的乐园。

一路下来，我们看到了羚羊、磐羊、猕猴等不同习性的动物。大约40多分钟后，一座童话般梦幻的村落出现在面前。这让十年前到过此地的西藏自治区党委网信办网络新闻信息传播处处长王慧连连感慨："大变样了，原来全是破旧的木板房啊，你看现在，多漂亮！"

阿边告诉记者："这些新房是国家补贴新建的，所有的基础设施村民没有花一分钱，从破旧的木板房到精美的石头房，勒布沟麻麻村的村民靠吃旅游饭，基本实现了脱贫致富、共同小康的中国梦。"

近年来，错那县以勒布沟景区为核心发展旅游业，截至2016年11月初，勒布沟累计接待游客46242人次，实现旅游收入1592.9万元，成果丰硕。与此同时，错那县还投资8858万元建成了勒布沟景区腹地麻麻乡麻麻村生态文明小康示范点，鼓励引导农牧民群众在麻麻小城镇等旅游重点开发区域新开办农家乐和家庭旅馆。

卓玛是勒布沟土生土长的门巴族姑娘，也是勒布沟风景区内麻麻村锅庄队的一员。卓玛笑着说："我们从小就会唱歌跳舞，勒布沟发展旅游业以后，我专门去学了门巴锅庄，现在我们一个队有15个人，每次和游客一起跳锅庄，全队可以分到1500元，加上其他收入，我们的生活比从前好了许多倍。"

夜色降临，篝火升起，卓玛和队员们开始带领游客跳起了门巴锅庄。在西藏边陲，祖国大门口的一个小村子里，优美的锅庄在富有节奏的歌声中吸引了越来越多的游客加入，仿佛一章看得见的幸福奏鸣曲，弥散在夜色迷离的勒布沟。

恰噶曲德寺平措：西藏僧人怎么生活，请您听我说

2016年12月24日，“冬行西藏”全国网络媒体采访团山南组记者，来到山南市桑日县西山上的恰嘎曲德寺了解西藏僧人的生活情况。

在庭院中，有十多位附近村庄的老人正在清洗“燃灯日”点过的酥油灯。原来，23日是西藏藏传佛教传统的“燃灯日”，西藏僧俗群众共同点起酥油灯，纪念藏传佛教格鲁派创始人宗喀巴大师。恰噶曲德寺僧人平措从大殿的木楼梯走下来，欢迎记者一行的到来，并接受了记者的采访。

平措出生在寺庙附近的巴郎村，1988年入寺成为一名僧人，在恰噶曲德寺度过了26年时光，学经、念经，为周边老百姓祈福消灾，这是平措26年来最普通不过的日常生活。和普通老百姓一样，平措也要面对衣食住行，生老病死。

群众到寺庙帮忙清洗酥油灯

吃住方面，虽然僧人没有太多要求，但和普通人一样，也要花钱去菜市场、商场购物，那么他们的钱从哪里来？

平措说："2016年，我每个月有305.75元的收入。我们为附近的老百姓念经祈福，做一些宗教法事，老百姓会随心给一些供养，这些就是我的主要的收入了。"

恰嘎曲德寺管委会主任索朗旺堆补充说道："按照西藏自治区的统一要求，桑日县每名僧人都纳入最低生活保障的范畴，如果僧人家庭非常贫困，没有亲属，桑日县的僧尼每年可以一次性领3000到4000元的补助金。年满60岁后，西藏的僧尼可以按月领取一笔养老金，基本可以满足生活需求。"

据了解，西藏全区4.6万僧尼全部办了养老保险、医疗保险和最低生活保障，每年免费体检一次。

平措住的僧舍是近两年修建的，国家按每名僧人两万元的标准配套建设，包括住房、道路、水电等附属设施，国家在桑日县一共投资1亿元，后期维护，桑日县每年配套800万左右的资金。

解决了吃住的问题，生病了怎么办？

平措说，解决了衣食住行的烦忧，一心念佛才是最好的信仰自由。

平措说："2015年，我的胃病发作了，寺管会派车送我到拉萨的藏医院住院11天，我自己垫付了6000多元。病好后，寺管会派车接我回来，我到县卫生局按80%的比例报销了4800元，两个月后我拿到卫生局报销的钱。剩下的2000多元，卫生局把报销凭证给我，再到民政局全部报销。我垫付的6000多元，三个月内全部拿回来了，我自己一分钱没有花。”

僧人生病基本不花钱，这在西藏不是什么新鲜事了。对于最敏感的信仰自由问题，平措笑着说：“我的师父已经去世了，我现在是一名经师，只要老百姓有需求，我就去为他们念经，满足他们的信仰需求，我来去都是自由的。我的弟子通过学习也可以按照藏传佛教的体例一步一步通过考核，考取藏传佛教的最高学位。衣食住行，生老病死国家都管了，我们才能自由自在地一心修行，为老百姓祈福，这种自由是我师父的师父，旧西藏的僧人做梦也想不到的。”

寺管会主任索朗旺堆开玩笑地说：“我们寺管会是一个正科级的行政单位，我这个‘科长’其实是桑日县僧尼的后勤队长、运输队长、护士长和厨师长。”

采访最后，索朗旺堆告诉记者，广大僧尼和普通老百姓是有区别，但是他们也是人民群众的一员，为他们服务就是为人民服务！

恰噶曲德寺僧舍

【中国网】

王东海

达孜：开启“能人+贫困户”脱贫致富新模式

“冬行西藏”全国网络媒体行在行动。2016年19日下午15时，记者驱车随“冬行西藏”媒体团来到距拉萨市20公里，平均海拔4100米，素有拉萨“东大门”之称的达孜县，一场“一年脱贫，四年巩固”的脱贫攻坚战在这里已经打响。

达孜县“能人+贫困户”脱贫致富新模式的农民合作社

记者来到一个佛像工厂，佛像金铜手工传承第三代念扎如数家珍地向记者讲述这座工厂的变迁以及工厂前身——念扎的父亲拉巴和他的爷爷打理的小作坊。两年前，政府给他们投资了 200 万元，企业出资 72 万元，就这样，一个面积不足 350 平方米的简易手工作坊，摇身变成如今近 1500 平方米集加工车间、员工宿舍和展示厅于一体的现代工厂。记者在现场看到，念扎的父亲举着小锤快速地击打铜片，工人们正在赶制从青海玉树一座寺庙发来的合同金额 170 多万元的订单。据念扎介绍，工厂现有工人 17 名，其中 7 名工人是贫困户，工厂包吃包住，平均每个工人每天工资 200 元至 380 元不等，如订单量全年饱和，工人工资每月至少能拿到 6000 元。

这就是达孜县“能人 + 贫困户”脱贫致富新模式，通过政府投资，企业出资这种类型的企业在达孜无独有偶，“互联网 +”概念似乎在西藏的一个小山村达孜县的雪乡热度也不减。

佛像工厂的工人（左一、右一、右二）及孩童（左二）

合作社藏戏服饰展示品

记者来到达孜县的雪乡扎西岗民间传统手工艺合作社，2014年建成的二层框架结构，800平方米的厂房、展示厅、食堂和员工宿舍等设施齐全，合作社主要制作布塑羌姆面具、布塑佛像、红珊瑚面具和藏戏服饰等开发旅游纪念品，项目总投资240万元，政府投资180万元，合作社自筹60万元。他们通过政府营销+微信营销已经接了不少订单，现在从5个工人发展到33个工人，正准备开设淘宝账户。

达孜县扶贫办副主任童晋美告诉记者，该项目以“能人+贫困户”的模式，带动了60户贫困户脱贫致富，解决贫困户待业青年7人的就业问题，每人每月工资2000至3000不等。截至目前，该合作社已连续两年给60户贫困群众分红24万元，每户共分红近5000元。全县建档立卡贫困户1068户3945人、其中一般贫困户618户2390人、低保贫困户346户1350人、纯低保户84户182人、五保贫困户20户23人，占农村总人数的14.498%，占总人口数的12.223%。

“十三五”期间，达孜县规划产业项目 40 个，总投资 11 亿元，其中，2016 年 14 个，投资 2.43 亿元。目前，有 6 个项目已经全部开工建设，有 2 个项目已进入招投标程序，其他项目已经通过评审，10 月份陆续开工建设，这些产业项目将带动建档立卡贫困户 1586 人，实现年分红 1500 至 3000 元不等。10 月份，2016 年精准扶贫产业项目实现首批集中分红发放，为建档立卡贫困户 1060 人进行产业分红，资金达 265.05 万元，人均增收 2500 元，确保产业项目带动的贫困户如期实现脱贫。此外，达孜县结合县域实际，积极开发就业措施，目前已转移就业 553 人，月收入 2000 至 4000 元不等，吸收 117 名乡村环卫工人，月工资为 900 元。

达孜县、林周县：国旗飘扬

2016年12月19日至20日，记者随“冬行西藏”全国网络媒体行走访了西藏达孜县和林周县。如今西藏各族人民的生活稳定、和谐，喝着酥油茶，聊着社会主义的大发展，歌唱中国共产党好，居民的人均寿命从解放前的35岁提高到了现在的68岁。在这里给记者留下最深刻的印象就是藏族群众纯朴的脸上总是露出幸福的笑容、每家每户的门楼顶上都悬挂着国旗、家里悬挂着五代领导人的照片。

国旗在连续两届获得“全国敬老文明号”的敬老院飘扬

71岁40年党龄的次仁央宗五保老人佩戴党徽坐在国旗下

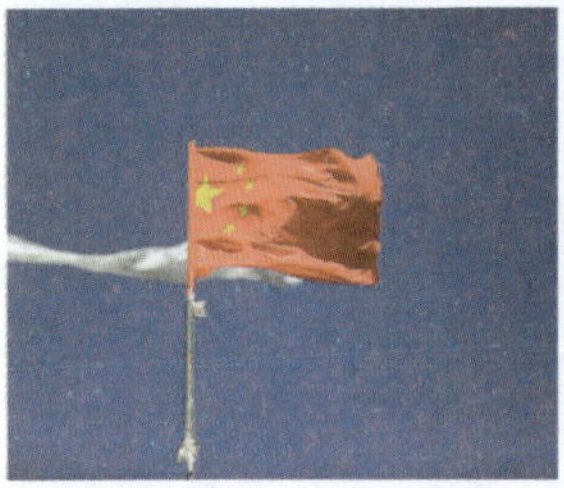

敬老院里的五保老人

藏族老奶奶抱着小孙子晒太阳

敬老院里的五保老人在亲密交谈

林周县易地搬迁局部图

享受政府易地搬迁政策的藏族群众家里

享受政府易地搬迁政策的同胞

易地搬迁受益者双手合十

敬老院五保老人摇动着转经筒

林周县：天然形成的地方——黑颈鹤的天堂

2016年12月20日上午，记者随“冬行西藏”全国媒体行走访了“天然形成的地方”西藏林周县。林周县是西藏粮食生产大县之一，全县辖区国土总面积4464.43平方公里，总人口63800人。林周县位于拉萨北部70公里处，其大片的河滨湿地，是黑颈鹤、斑头雁、赤麻鸭等西藏许多珍贵鸟类越冬的主要栖息地。每年10月底、11月初，迁飞到林周越冬栖息的黑颈鹤数量约在1800只到2000只，这里是雅鲁藏布江中游河谷地区黑颈鹤分布数量最为集中的保护区。

湿地美景

记者了解到，西藏雅鲁藏布江中游河谷黑颈鹤自然保护区，包括三大块分布于西藏“一江两河”地区的黑颈鹤主要的越冬夜宿地和觅食地，属野生动物类型自然保护区。雅鲁藏布江中游河谷黑颈鹤国家级自然保护区成立于1993年，2003年晋升为国家级自然保护区。目前，保护区建立了自然保护区黑颈鹤监控平台，有9名黑颈鹤自然保护区巡护员，3名野生动物监测员，近三年来，黑颈鹤数量大概在1800至2000只左右，最大的黑颈鹤群落有400至500只。

雅鲁藏布江中游河谷黑颈鹤国家级自然保护区

羊八井镇精准脱贫，25.5 万元分红进行时

2016 年 12 月 21 日，“冬行西藏”全国网络媒体行拉萨采访组赶赴藏语意为“挑选的草场”的当雄县羊八井镇采访。各类项目带动贫困群众走上致富路，形象地描绘出了这片“挑选的草场”在精准扶贫浪潮中发生的变化。

“2014 年鲁登罗桑汽车运输合作社扶贫项目分红仪式”和“2015 年鲁登罗桑商品混凝搅拌站合作社扶贫项目分红仪式”现场

记者来到羊八井镇时，空地上人头攒动，一条红幅映入眼帘，上面写着“2014年鲁登罗桑汽车运输合作社扶贫项目分红仪式”和“2015年鲁登罗桑商品混凝搅拌站合作社扶贫项目分红仪式”，近百名群众手持精准扶贫精准脱贫建档信息登记表排成两队，条幅下面一排长桌，整齐地摆放着一沓沓人民币。原来记者正好赶上羊八井镇举行的合作社扶贫项目分红仪式。

站在头排的是一位藏族老大爷，身着一身传统的白色藏族服饰，戴着一顶破旧的毡帽，手持信息登记表，长满皱纹的脸上，不时露出幸福的笑容。只见他走到课桌前，把登记表放在桌子上，工作人员为他签上字，他用食指蘸上红印油用力地按在纸上，工作人员把精准扶贫分红款3000元人民币交在他的手里，同时还为他敬献哈达。

这位老人叫次多，80岁，家里仅剩下他和患有残疾的儿子相依为命。记者问老人家3000元如何花时，他说，“我要慢慢地花掉，不想一下子就花完，国家给了，老板也给了，我心情很好。”羊八井镇的党委书记洛桑桑旦跟记者算了一笔账，国家每年给老人的养老金1080元，低保每年3240元、80岁寿星老人款每年450元，儿子残疾费每年600元，每年分红3000元，加上医疗费用由政府按100%比例报销等等，保证了次多老人和他的儿子可以衣食无忧。

次多老人提到的老板就是伟色，羊八井镇早期致富带头人。总投资1500万元的混凝搅拌站项目，政府给他出资400万元。就是这个项目给羊八井镇180户737人分红25.5万元。其实，伟色2003年就开始扶贫，从开始的20户，每户人家一年扶持500元，到目前已经有350户贫困户受益。伟色连续13年拿出150多万元资助贫困户，2016年一共慰问150户，标准金每年3000元。为此，他还向当雄县党委书记立下军令状，以3000元为底数，未来7年每年递增500元。

嘎玛次仁，54岁，精准扶贫贫困户。当记者问他同样的问题“钱如何花”时，他想了想说，“我要给在民族大学上学的女儿寄1000元，剩下的再给其他的孩子上学用。”原来，老人家一家6口人，他和老伴及四个孩子，一个女儿20岁，就读于中央民族大学藏汉翻译专业，一个在拉萨接受医生培训，还有一个在文工团学跳舞，身边留一个儿子初中毕业后辍学在家。目前嘎玛次仁除了打工，还担任草场监督员，每年政府发给他3000元工资。记者问他2017年最大的愿望是什么，他说，每年在工地打临时工，一年只能挣出5000元左右，现在年纪大了，打工吃力，希望政府能给他安排一个保安之类的固定工作。

分红现场

此次分红受益的还有嘎玛旺杰一家六口。记者来到他家时，嘎玛旺杰两岁的女儿和20岁的残疾女儿正在沙发上玩耍。嘎玛旺杰还有两个孩子，一个就读小学五年级，另一个就读初中三年级。屋漏偏逢连夜雨，6年前，在外打工的嘎玛旺杰，爱人突发疾病，他只好辞去工作回来照顾她和孩子，让这个原本艰难的家陷入绝境。记者跟嘎玛旺杰正交谈着，突然他手机响了，原来，2015年政府把他家定为精准扶贫建档立卡贫困户，让他当了群防群策联络员，这样每年除了项目分红的3000元，又增加了3000元收入，为此还给他专门配发了手机，用于紧急联络，每年还给他260元的话费。2016年，政府还为他安排了工作，当环卫工人，每月1200元。嘎玛旺杰表示，感谢政府使自己脱贫了，他要加倍努力，为政府站好每一班岗。

“2016年羊八井镇共有185户贫困户，必须全部脱贫，两年巩固。”羊八井镇党委书记洛桑桑旦自信地对记者说。实现年底脱贫，有何绝招？也许以上就是答案。

记者还了解到，羊八井镇所在的当雄县加快推进精准脱贫攻坚工作，扎实推进“双百攻坚战”行动，增加建档立卡贫困户人口收入，截至11月，已兑现3080人的生态岗位资金的85%，共计785.4万元。其中，草场监督员1657人；专职护林员126人；兼职护林员765人；野生动物疫源疫病监测员229人；湿地生态保护区管护员和监管员263人；沙化土地封禁员170人。

融入藏戏：西藏文化的活化石

2016 年 12 月 22 日，“冬行西藏”全国网络媒体行拉萨组记者走访了松赞干布的故乡墨竹工卡县。正好赶上藏戏演出，据民间演出队队长桑杰老人介绍，这是著名的八大传统藏戏之一——《苏吉尼玛》。为弘扬藏戏艺术，2005 年以来，中央和西藏先后投入 1000 余万元，对藏戏艺术开展了全面的普查保护工作。2009 年，西藏启动八大藏戏数字化保护工程，为藏戏剧本编写提供了大量一手素材。目前，西藏全区共有国家级藏戏艺术代表性传承人 10 余名，民间藏戏队达到 133 支。桑杰老人说，“在党的好政策下，自己要为西藏民族艺术传承继续努力。”

八大传统藏戏之一《苏吉尼玛》演出现场

西藏有着悠久的文化和历史，其中，具有600多年历史的藏戏被誉为“西藏文化活化石”，不仅剧种流派众多，表演形式也极具民族特色。藏戏的藏语名叫“阿吉拉姆”，意思是“仙女姐妹”。

藏戏起源于8世纪藏族的宗教艺术，17世纪时从寺院宗教仪式中分离出来，逐渐形成以唱为主，唱、诵、舞、表、白和技等基本程式相结合的生活化的表演。藏戏唱腔高亢雄浑，基本上是因人定曲，每句唱腔都有人声帮和。

藏戏具有一定的表演程式，在藏族人民精神生活中有着无可替代的地位。由于受到严格的宗教神规制约，藏戏从表演内容到形式更多保留了原始风貌，所以在《戏剧发生学》等领域具有极高的学术价值。同时，藏戏的剧本也是藏族文学创作的一个高峰，它既重音律，又重意境，大量应用格言、谣谚和俗语，甚至还在情节中穿插寓言故事，保留了藏族古代文学语言的精华。

《文成公主》《诺桑王子》《卓娃桑姆》《朗萨雯蚌》《白玛文巴》《顿月顿珠》《智美更登》和《苏吉尼玛》八大剧目已成经典，音乐唱腔韵味隽永，面具服饰五彩缤纷、瑰奇神异，名角新秀不断涌现。藏戏的服装从开始到结束只有一套，演员不化妆，许多人物角色都戴着面具表演。

2006年，藏戏被列入西藏自治区第一批非物质文化遗产名录；同年被列入国家级第一批非物质文化遗产名录；2009年被列入联合国教科文组织人类非物质文化遗产代表作名录。

墨竹工卡县：光伏扶贫创西藏精准扶贫先河

2016年12月22日，“冬行西藏”全国媒体行拉萨组记者走访了松赞干布的故乡墨竹工卡县。墨竹工卡县地处西藏中部、拉萨河中上游、米拉山西侧。该县地处藏南雅鲁藏布江中游河谷地带，属拉萨河谷平原的一部分。据了解，目前，工卡县有建档立卡户1690户7236人，占该县总人口的14.88%。墨竹工卡县始终以实现贫困人口脱贫致富为首要任务。

墨竹工卡县户用光伏电站项目

记者所到的嘎则新区就是墨竹工卡县的一个精准扶贫点。三个月前，100户贫困家庭开开心心地搬进嘎则新区。搬迁只是扶贫的开始，脱贫致富奔小康，才是最终目标。墨竹工卡县扶贫办副主任巴桑告诉记者，为稳定增加贫困搬迁群众收入，墨竹工卡县财政投资360万元在100户易地搬迁户屋面建设装机容量3千瓦/户、总装机容量300

千瓦的户用光伏电站项目。通过太阳能光伏发电，居民用电不但不花钱，预计在20年内户年均增收能将超过3000元，在西藏开创了先河。

据墨竹工卡县精准扶贫嘎则新区易地搬迁项目资料显示，该项目总投资4282.01万元，建筑面积14456.82平方米，选址用地总面积84.04亩（56032平方米），建筑占地面积19.7亩（13146.5平方米），预留商业用地7.89亩（5265平方米），硬化面积18.35亩（12298平方米），绿化面积38.1亩（25468.5平方米），绿化率47%，容积率24%。

记者获悉，2016年4月10前易地搬迁项目完成了所有前置手续，并于4月11日开工建设，项目于8月30日完工，并完成了小区房屋编号、分配工作。干部职工、社会捐资购买了家具100套、被褥200套，为100户搬迁户安装窗帘。2016年9月15日搬迁人员全部入住完毕。

为完成搬迁人员“搬得出、留得住、有岗位、能致富”的要求，墨竹工卡县政府充分发挥矿区资源优势和嘎则新区城镇就业便利，在确保每户有1～2名劳动力就业的情况下，为嘎则新区搬迁贫困户136个贫困劳力协调与其能力相匹配的岗位，帮助贫困群众，把他们当作自己的家人，不断完善安置点的基础设施建设，为他们创造良好的居住环境，尽最大努力帮助和解决他们生活中遇到的困难和问题。

“扶贫扶在老百姓心坎上”，在党和政府的关心和帮助下，可以预见，这些贫困群众会早日脱离贫困，到2020年，墨竹工卡县将稳定实现同步建成小康的目标。

会飞的尼木藏鸡，“凤凰”产业扶贫才是硬道理

2016年12月23日“冬行西藏”全国网络媒体行拉萨站记者来到著名的“藏文鼻祖之乡，水磨藏香之源”的尼木县采访。大力推进净土健康产业作为该县经济发展的支柱产业和重大的民生工程来实施，全力打造“尼木县乌米净土健康产业园区”，实施藏鸡原产地保护，从原种保护、品种优化、扩大规模和技术创新上下功夫，大力提升传统产业和发展新兴产业，努力实现“双轮驱动”的战略布局。

尼木藏鸡——会飞的“凤凰”

记者来到尼木县尼木乡聂玉村的拉萨净土健康产业尼木德青源藏鸡科研工作站时，工作人员早已经准备好鞋套、口罩、头套和白大褂，等记者们进鸡场参观。

据工作站所属企业西藏德青源公司总经理张梅坤风趣地介绍，藏鸡会飞，能飞4米高，20米远。藏鸡蛋富含铁和锌，是普通鸡蛋的4至5倍，鸡肉口感好、具有独特的食补功效，极具营养价值。工作站内一万多只鸡都是从老百姓家里收购过来的，目前正在实验阶段。

藏鸡

藏鸡蛋

该项目总用地面积约430亩，主要有藏鸡保种育种区、藏鸡父母代区、藏鸡商品代区、藏鸡研究院、有机肥厂、饲料厂、孵化厂、屠宰厂、壳蛋分级包装厂、能源与后勤配套、园区基础设施等。项目完成后，将形成存栏3万只的（250个家系）藏鸡保种育种区，存栏10万只的藏鸡种鸡示范场，年孵化能力200万只孵化厂一个，年产饲料3万吨的饲料厂一个，日加工能力20万枚蛋品的壳蛋分级包装厂一处，以及藏鸡研究院、能源与后勤配套、园区基础设施等内容。

张梅坤很自信地说，该项目预计5年内产值将达到6个亿，带动当地就业1000余人。项目建成后，每年可向当地合作社、农牧民提供500万只鸡苗，带领所有西藏养鸡老百姓发家致富，西藏是世界的屋脊，藏鸡产业将做到世界第一，真正实现产业扶贫。

据悉，尼木县2016年提出“做大做强藏鸡产业”的工作目标，充分发挥该县藏鸡产业的优势资源，促进藏鸡养殖产业快速发展的帮扶政策，加大对藏鸡自抱窝孵化的奖励和补贴力度，积极同西藏德青源公司开展业务合作，带动群众增收致富，为精准扶贫、精准脱贫提供了强有力的政策支撑和市场支撑。

目前，尼木县集中养殖藏鸡达1.6万余只，群众散养藏鸡1.8万余只，建设标准化鸡舍5990平方米。同时，尼木县正在申报“尼木藏鸡”和“尼木藏鸡蛋”国家地理标识保护产品，已经通过国家工商总局初审，预计2017年6月完成申报。

尼木藏香烧的是香，燃的是文化

在西藏，不管是在寺庙，还是在百姓家里，只要有人居住的地方，就有一种神奇的味道，它夹杂着草原的草香和酥油香，弥漫在空气中，充斥着每一个角落，刺激着我们的每一根神经。而这种味道，就是被称为三大西藏传统手工产品之一的藏香所散发出的。藏香，已经成为西藏文化最具代表性的组成部分。

记者来到尼木县吞巴乡吞达村，据该乡人大主席米玛介绍，吞达村制作藏香的历史已经有1000多年，全村有120户人家，先后荣获中国最美村镇提名奖、中国历史文化名村、“中国民间文化艺术之乡”等奖项，拥有全国第一个藏文字博物馆，素有“水磨藏香之源，藏文鼻祖之乡”的美誉，被称为西藏民族手工业的作坊。

工人在制作藏香

吞达村不仅是最大的手工藏香生产地，同时也是藏文、藏香发明者吞弥·桑布扎的故乡。据资料记载，在吐蕃时期，赞普松赞干部派出16名青年才俊到天竺学习佛法，在天竺学习过程中，有15人先后客死他乡，只有吞弥·桑布扎学成归来。回到家乡后，吞弥·桑布扎以梵文字母为基础，结合藏语的特点，发明了藏文。随后又把天竺所学到的熏香技术，通过自己的演变，根据西藏的地域特点，发明了藏香。

工作人员向记者介绍做藏香的原料藏砖

尼木吞巴藏香其制作技艺为中国第二批国家级非物质文化遗产项目，被誉为西藏第一圣香，其配方秘而不宣，由30多种藏药配制而成，制作过程漫长且严谨，吞达村农牧民得到了吞弥·桑布扎的真传，在制作藏香的程序上一丝不苟。凝聚了吞巴人智慧和藏文化精髓的藏香，是雪域高原屹然绽放的深含藏民族文化底蕴的奇葩。

目前，吞巴乡有藏香制作户220户，藏香制作从业人员285人，2016年藏香产业收入为1086万元，同比增长16.3%。下一步，尼木县将探索“藏香公司党支部”+“藏香研发中心”+“农民专业合作社”+“精准扶贫精准脱贫”的模式，提供更多的就业岗位，带动更多的农牧民群众参与到藏香的制作中来，同时做好政府服务和宣传推广工作，使尼木吞巴藏香这一民族文化的瑰宝得以传承、发展，享誉国内外。

拉萨以迁脱贫、扶贫大数据政府兜底样样实

习近平总书记强调，“我们要立下愚公移山志，咬定目标、苦干实干，坚决打赢脱贫攻坚战，确保到2020年所有贫困地区和贫困人口一道迈入全面小康社会。”如今，在全国齐“啃”脱贫攻坚这块“硬骨头”的关键时刻，拉萨市是如何迈开了“大步子”、找准了“穷根子”、探索了“新法子”，攻坚拔寨地朝着脱贫冲刺的呢？

2016年12月19日—12月24日，记者跟随“冬行西藏”全国网络媒体行拉萨采访组走访了达孜县、林周县、墨竹工卡县、尼木县、当雄县和曲水县等地。在走访时获悉，截至目前，拉萨市有18527人越过贫困线，完成自治区下达拉萨市2016年脱贫16110人目标任务的115%，占全市总任务的41.95%，城关区已率先在全区完成脱贫摘帽工作。

易地搬迁解决“一方水土难养一方人”难题

俗话说，一方水土养一方人，而西藏贫困地区则是特例，在这些贫困地区可谓一方水土难养一方人。针对这一现状，拉萨市政府大力实施易地扶贫搬迁和小康安居工程，使贫困群众通过搬迁脱贫，过上幸福的生活。

家住卡孜村38栋1号院73岁的罗吉老人，怎么也没想到会住上150平米的二层小洋楼，之前一家4口挤在一个不足24平米的土坯房里。如今，3岁的小孙子2017年就可以在小区新建的幼儿园里上学。罗吉老人高兴地告诉记者，“感谢政府让我们住上这么好的房子，过上这么好的日子，我从来没有想过，现在通过土地流转、务工收入及

效益分红，我们每年还能收入 2 万元，再加上养老金等，我们脱贫了，真正过上了幸福的日子。”

拉萨市城投公司实施统规统建，城区按照城镇规划统一建设，户型面积原则上按 60、80、100 平方米的标准建设。农区充分考虑了生产生活要素，采用二层砖混结构、楼板现浇房结构，住房面积原则上按照 120、150、180 平方米的标准建设，选择靠近县城、产业园区、旅游环线等位置集中安置，确保搬迁群众安居乐业，确保房屋使用年限达到 70 年以上，抗震强度达 8 级以上，基础配套设施符合行业标准。政府合理制定了搬迁群众社会保障标准，养老、医疗、教育等社会保障与城镇居民社会保障无缝对接，建立起覆盖面更广、保障效率更高的社会保障体系，确保搬迁群众“搬得出、稳得住、能致富”。通过就业培训，提供与其能力相匹配的工作岗位，实现每户有 1 ~ 2 名劳动力就业，人均月工资达到 2000 元以上。

2016 年 7 月初曲水县就已经完成 184 户 712 人首批搬迁任务，成为全区首个扶贫搬迁入住的安置点。截至目前，已完成 18 个安置点工程建设，已开工建设安置房 2113 套，已竣工 2083 套，已入住 1500 户 5653 人。目前，全市 2017 年易地扶贫搬迁工作已全面启动。其中，8 个安置点已开工建设，其余安置点未开工，正在办理前置审批手续和项目审批手续。

三有村（有住房、有产业、有健康）第一书记索朗央吉带着记者来到村委会的监控室，打开电脑进入精准扶贫数据中心，通过画面上显示的户主姓名和身份证号码就能查看到贫困户的所有信息，特别是易地搬迁贫困户以前居住的房屋等相关信息，督查组可以通过调用数据查看“结对帮扶”信息，随时跟贫困户打电话核实数据，问询扶贫资金到位情况。像这样，每周通过大数据平台一个县与扶贫办面对的随机抽取，最少抽取30户。

拉萨为尽快完成精准扶贫精准脱贫工作，圆满完成脱贫攻坚任务，安排了9个督导组，市脱贫攻坚指挥部成立了7个交叉督查组，将督查重点放在脱贫攻坚工作上，采取日常督查与年终考核相结合的形式，适时深入脱贫攻坚一线开展工作指导和督导检查。

以开展市县乡领导班子换届工作为契机，政府选优配强乡镇领导班子，特别是将具有城乡规划建设、农牧业及扶贫开发、社会管理等相关工作经历或专业背景的优秀干部选任到乡（镇）党委书记、乡（镇）长岗位。同时深入开展“强党、固基、扶村”工作，选派1378名乡镇干部下沉到村（居）工作。投入6000万元设立村级体经济扶持资金，整合资金1557万元，实施村（居）发展项目80个，创办经济实体71个，成立专业合作社48个，村（居）集体经济实现了全覆盖。

家住羊八井镇的嘎玛旺杰，现在一家六口。6年前，在外打工的嘎玛旺杰，每个月能挣5000元，日子过得还算幸福。可是，由于爱人在家突发疾病，他只好辞去工作回来照顾爱人和孩子，让这个原本艰难的家陷入绝境。2015年政府把他家定为精准扶贫建档立卡贫困户，让他当了群防群策联络员，增加了3000元收入。2016年，政府还为他安排了工作，当环卫工人，每月1200元。嘎玛旺杰表示，感谢政府使自己脱贫了，他要加倍努力，为政府站好每一班岗。

为此，拉萨市大力推进健康扶贫工程，全面提升贫困群众的健康水平，从根源上杜绝“因病致贫、因病返贫”。通过核实，拉萨市目前共有1239名群众“因病致贫、因病返贫”，针对“因病致贫、因病返贫”的困难群众家庭，拉萨市出台了保大病相关政策，用以提高农牧区医疗保障能力，全面提升贫困群众的健康水平。推行医疗惠民套餐，各县（区）全面实行“农牧区医疗制度+农牧民大病商业保险

+民政医疗救助+政府兜底”的医疗保障套餐。另外，对县级医疗卫生机构的指导帮助，建立完善医疗保险、大病保险、医疗救助“三重医疗保障”体系，提高大病报销金额，加快基层医疗卫生服务网络建设，巩固“先诊疗、后结算”的农牧区基本医疗制度，提高县、乡医疗服务能力。墨竹工卡县已实现全民免费医疗，林周县为农牧民群众购买的超大额医疗保险最高可报销15万元。现今建档立卡贫困人口中1100人报销住院及门诊费用达591.17万元，贫困群众医疗费用显著下降。

嘎玛旺杰在自家门前

【国际在线】

易成晨

五个画面告诉你，西藏的民生自信从何而来

上学、就医、养老是民生三大问题，但在西藏，这些却都不是问题。近日，“冬行西藏”全国网络媒体行拉萨采访组深入达孜、林周、当雄等县，在亲眼看、倾耳听来自贫困户、领导干部等群体的反馈过程中，记者深刻感受到西藏的民生改善力度之大，以及西藏在民生政策上的高度自信。

干净整洁的达孜县福利院

画面 1　谈民生：来自顶层设计的自信

2016 年 12 月 19 日，西藏自治区党委常委、自治区副主席、区党委宣传部部长、区互联网党工委副书记边巴扎西与“冬行西藏”全国网络媒体行一行座谈。边巴扎西对西藏自治区成立以来各方面巨大变迁的描绘令人震撼。在谈到西藏现在基本形势时，边巴扎西说到，西藏的民生在全国改善力度最大。这是因为中央和自治区党委都高度重视，坚持把改善民生凝聚人心作为经济社会发展的出发点和落脚点，用改善民生的实际举措增强各族人民的获得感、幸福感。

过去西藏的适龄儿童入学率不足 2%，而现在已经达到几乎 100%。西藏也已率先实现十五年免费教育。齐备的教育基础设施建设使得即便在海拔 5000 米的地方，也可听到校园里书声朗朗。藏文的普及率和使用范围也达到前所未有的水平。

过去西藏人平均寿命仅为 35 岁，婴儿死亡率很高，而现在人均寿命已经达到 68 岁，婴儿死亡率极低。

孤寡老人只要自愿，现在已经实现所有县以上的养老院集中供养。

画面 2　解民忧：来自保障有力的自信

2016 年 12 月 19 日，记者来到拉萨市达孜县五保集中供养中心（又称“达孜县社会福利院”）。80 岁老人扎西旺堆精神矍铄，满脸笑容地告诉记者，“之前在老家时生活困难、看病困难，现在这里照顾非常周到，让我很放心。”

福利院里设施齐全、干净整洁。院子里的老人们三三两两地晒着太阳、转着经筒，显得十分闲适。

医疗、按摩、保健、理发等各种服务一应俱全，还有为了照顾藏族老人的风俗习惯和精神信仰需求的临终关怀室，福利院里充满人情味。

幸福的晚年生活让老人们无忧无虑，2011年，在市委、市政府和县委、县政府支持下，福利院为10对自愿结为夫妻的老人举办了一场隆重的集体婚礼。

2015年底，西藏已在全国率先实现了所有有意愿五保对象集中供养和孤儿集中收养，有意愿五保对象集中供养率、孤儿集中收养率均为100%，全面实现老有所养、幼得其育。

画面 3　察民意：来自安居乐业的自信

2016年12月19日，拉萨市达孜县精准扶贫易地搬迁安置点。达孜县副县长边巴次仁指着一排排新楼房对记者团说：“你们可以进去随便问（贫困户的感受），我们有这个自信！”令在场记者们都笑了起来，这样的自信，大家很服气。

易地搬迁是实现精准扶贫精准脱贫的重要手段，从区级到县级，西藏投入巨大，换来的成果也是显著的。

画面 4　体民情：来自家园秀美的自信

2016年12月20日，拉萨市林周县卡孜乡精准扶贫易地搬迁安置点。73岁的贫困户罗吉谈及搬入150平米新房的感受时，止不住地说自己有多开心，“开心得睡不着觉”。

干净整洁的藏式小院、政府赠送的家具电器，这些让罗吉没有理由不开心。她带着记者来到她曾经生活的地方——旷野里仅有24平米的逼仄土坯房，卫生条件极差。眼前景象令记者很难想象一家四口如何挤在里面生活。

站在曾经的住所前，罗吉不停地说：“谢谢！谢谢你们！”

采访过多个易地搬迁的贫困户后记者发现，生活条件天翻地覆的变化让他们众口一致地对政府的扶贫政策表示非常满意。

画面 5 得民心：来自如期脱贫的自信

2016 年 12 月 21 日，拉萨市当雄县羊八井镇那多村。51 岁的牧民嘎玛旺杰在采访团离去时，久久站在家门口目送。

嘎玛旺杰此前靠打零工维持生计，妻子患病后生活更加困苦。他的四个孩子里一个残疾，一个读六年级，一个读初三，一个两岁幼儿。如今，受惠于扶贫政策，他妻子的看病费用可 100% 报销，孩子上学可完全免费直至高中，甚至到大学后学费路费也会由县政府报销，让他的压力大大减少。政府为他安排了环卫工、草监员等工作，加上合作社的产业分红，他家的人均年收入从过去的 1100 元上升到现在的 4000 元以上，超过羊八井镇定下的 3345 元脱贫线。

“感谢政府的帮助。”他说，“下一步还要通过自己的努力彻底摘掉贫困的帽子。”

解决好贫困户的就学就医问题，便可大幅减少他们的脱贫压力。事实上西藏全区在这两方面的政策都非常出名。

后 记：

在拉萨市的多日多地采访中，记者注意到，所有干群在谈及民生问题时，都表现出高度的自信和骄傲，而另一方面，受访的西藏群众对政府民生政策表达的满意则印证了这一点，这样的情景在其他地方是少见的。

有报道显示，西藏一直被评为全国幸福指数最高地区，拉萨市则连续多年被评为全国幸福指数最高城市。这一和谐局面毫无疑问归因于西藏对民生问题的高度重视和大力投入。可以说，西藏的民生自信，是有理有据，令人信服的。

“世界屋脊”新风貌，西藏翻开新篇章

面积120多万平方公里，平均海拔4000米以上，世界屋脊，圣洁土地……来到西藏之前，这些便是记者对它的全部印象。但事实证明，西藏的丰富多彩和美丽旖旎远不是这几句话和几个词所能概括。2016年12月中旬，为期一周的“冬行西藏”采访活动如火如荼地展开，西藏向我们呈现出她壮丽的风光，更描绘出在党和政府引领下，这片神奇土地焕发生机，翻开的全新篇章。

“人民对生活的美好向往就是我们的奋斗目标”，习近平总书记这句话在西藏得到充分体现。2016年12月19日，西藏自治区党委常委、自治区副主席、区党委宣传部部长、区互联网党工委副书记边巴扎西在活动启动仪式的座谈会上对西藏的介绍让人感到震撼——公路里程从0到8万公里、发电装机容量从0到260万千瓦、适龄儿童入学率几乎从0到100%、人均寿命从35岁到68岁……和平解放至今，西藏方方面面发生的巨大改变可谓天翻地覆。现代化基础设施建设让西藏人民的生活更加便利，民生政策则让西藏人民生活更加幸福。

如果说基础设施建设是反映一个地方发展水平的最直观体现，那么行走在拉萨市和下属区县时，首先感受到的便是路况极好的、极为畅通的公路网，这和想象中道路阻塞崎岖难行完全相反。公路有了保障，经济也更有活力，即便是在区县的乡间公路，一样车流不息，而在拉萨市区，到了高峰期更是会堵上一小会儿。内陆城市堵车令人心情不悦，同样情景发生在西藏，却让人感受到经济发展的欣慰。一个有意思的现象是，越野车在西藏似乎比例较高，想必除了高海拔地区的动力需求，也离不开西藏人民富足口袋的支持。

拉萨市墨竹工卡县的输电铁塔“爬”过大山，山脚是一处村落。

另一个直观体现则是电力铁塔。要让分布在120多万平方公里土地上的300多万人口摆脱油灯照明的落后生活，能发电、能送电、能家家有电便是最迫切问题之一。电力铁塔就是承载这一重任的关键环节。在西藏，你随处都能看到矗立在群山上，反射着银色光芒的电力铁塔，它们将光明和现代生活送入西藏的千家万户。

但不管是公路还是电力铁塔，机场或者高楼大厦，在西藏进行基础设施建设的艰难程度都是其他地方所无法想象和无法比拟的。高寒缺氧、地质条件恶劣使得在这里平均每推进一公里的公路就要牺牲一人。而在陡峭的、几乎没有植被的、易滑坡的高山上建设铁塔，其难度更令人心生敬畏。如果说西藏的公路是一幅书写西藏发展的长长卷轴，那么西藏的电力铁塔就犹如西藏发展的座座丰碑。

居有其屋、幼有其教、老有所养，古人对于美好社会的总结在这里得以充分实践。民生是西藏党委政府最为强调和落实的头等大事，也是西藏领导干部们最为津津乐道和自豪的事。在达孜、林周、曲水等多县的精准扶贫易地搬迁安置点，贫困户搬入100多平米的新房子，个个脸上笑开了花，“住上新房子、用上新家具、盖上新被子”，这里是真正的拎包入住。从狭小的土坯房到宽阔的藏式小院，党和政府没有忘记任何一位西藏困难群众。

再穷不能穷教育，西藏的十五年免费教育绝冠全国，让人不得不服。而养老上，西藏已经实现县级以上集中供养全区覆盖，只要老人愿意，就能晚年无忧。在达孜县养老院，老人们的满意笑容证明此言不虚。

家家户户挂国家领导人画像、插国旗，在西藏，这一现象尤其令人印象深刻。对于西藏人民，幸福生活来之不易，来自于党和政府，因此，此情此景才更显得自然和令人感动。谈及西藏的民生问题，无论是上级领导还是下级干部，无一不表现出高度的自豪和自信。

良好的民生政策造就稳定的社会局面，稳定的社会局面带动经济的快速发展。西藏已经远不是人们想象的一穷二白的落后西藏，而是正走在脱贫致富道路上的和谐的社会主义新西藏。

“青藏高原是世界第三极，如果西藏也被污染的话，世界将无净土”，习近平总书记对西藏独特的生态环保状况提出了精准的评价和要求。“冰天雪地也是金山银山”，西藏自治区党委书记吴英杰的表述同样表明西藏将生态环保视为要务。蓝天白云、雪山蓝湖、飞禽走兽，西藏是很多人心中的圣地，而如此美丽的“第三极”离不开西藏政府严格的生态保护政策。

“冬行西藏”，不仅是一次视觉上的洗礼，更是一次心灵上的洗礼。风光优美、人民幸福，西藏给人展示出全新的风貌，而她未来也必将会在党和政府的带领下走向新的辉煌。

拉萨市达孜县五保老人集中供养中心（福利院），藏族老人闲适地晒太阳、转经筒。

拉萨市达孜县易地搬迁安置点，藏族群众露出微笑。

林周县藏族群众易地搬迁，搬出幸福新生活

一排排干净整齐的藏式风格两层小楼房，三三两两在路边晒太阳闲聊的藏族群众。2016 年 12 月 20 日，“冬行西藏”媒体团走进拉萨市林周县卡孜乡的精准扶贫易地搬迁安置点，这样的景象令人感到眼前一亮。“易地搬迁是实施精准扶贫精准脱贫的有力措施，是脱贫攻坚‘五个一批’中难度最大、政策最强、标准最高的一批。”路边的公告牌上如是写到。而事实则证明，这件“难事”林周县办得很漂亮。

据林周县住建局副局长索朗次仁介绍，“十三五”期间脱贫攻坚全县有建档立卡的贫困户共有 1882 户，其中，2016 年和 2017 年两年将有 1200 户通过易地搬迁的方式脱贫。在 2016 年已经搬迁的 514 户中，位于林周县境内的 300 户又分为各 100 户的 3 个安置点，卡孜乡安置点就是其中之一。

卡孜乡易地搬迁安置点，干净整齐的小楼房上家家户户挂着国旗。

走进 38 栋 1 号院子，73 岁的藏族老奶奶罗吉似乎因为新生活带来的喜悦而总是喜笑颜开。在她家，屋里屋外焕然一新，各种家具电器一应俱全。说起搬迁前后的变化，她告诉记者，过去一家四口挤在 24 平米的土坯房里，生活起居都非常不便，如今搬进这 150 平米的新房子，“真是太开心了！开心得晚上睡不着觉！”

罗吉一家共四口人：她和她的儿子、儿媳以及孙子。按照标准，三口之家分 120 平米户型，四到五口人的分 150 平米户型，六口人及以上的分 180 平米户型。值得一提的是，家具电器等也都由政府统一提供，林周县副县长米玛告诉记者，政府在这上面投入了 700 多万元，这样做的目的“就是常说的要让村民‘住上新房子、用上

新家具、盖上新被子’”。周到的服务让搬迁户们体验了一把实实在在的“拎包入住”。

罗吉家150平米的房子（左）和50平米的生产区（右）

73岁的罗吉和她3岁半的孙子，扶贫政策让老人小孩都生活无忧。

除了平均150平米的生活区之外，每一户还有50平米的生产区，生产区可用来圈养牲畜等，人畜分离的设计使得卫生水平进一步提升。由于位于地震多发带，安置点的房子还可抗8级烈度的地震。

但仅仅解决住的问题是远远不够的，如何让搬进来的村民能“可持续发展”，林周县提出了“每个安置点要有两方面支撑”的总体规划，两方面支撑即增加收入和民生改善。

以往全靠几亩地的村民，在易地搬迁之后，通过参加合作社项目可以获得三重收入：土地流转收入、辖区内的务工收入以及项目分红。不同安置点的合作社项目也各有不同，例如卡孜乡安置点有一个两万亩面积的饲草种植合作社，村民可在此从事饲草种植员等工作。据介绍，一个三口之家一年可由此获得两万元的收入。

另外，在建的拉（萨）林（芝）高等级公路也是一个重大契机，政府还计划依托于此在安置点南部打造一个集镇，这将为该地区的长期发展提供动力。

除了这些较大的项目，政府还提供包括护林员、草监员、保洁员等在内的 8 种工作岗位，村民可以身兼多职。作为一项兼职工作，一个岗位一年工资 3000 元。例如罗吉的儿子扎西次仁就身兼护林员和草监员两职，一年便可增收 6000 元。

“以迁脱贫”和“以业脱贫”相结合，村民们的收入已经显著提升。

民生方面，“5 公里范围内解决上学就医问题。”索朗次仁指着卡孜乡安置点的一处空地告诉记者，“2017 年这里就将建好一所幼儿园，像罗吉的孙子就能直接在家门口上学了，而学生将来从幼儿园到高中的全部费用也都由政府负担。”老人社保上，罗吉这样的老年人一年可拿到 2000 元左右的养老金。

易地搬迁的好处也使得搬迁工作中贫困户们的态度发生巨大变化，“过去大家都不愿意搬，我们还要上门做思想工作，带领一些贫困户来参观。如今大家看到了搬迁之后的美好生活后都抢着想搬过来。”副县长米玛说。

罗吉家的巨大改变并非个案，在其他安置点其他贫困户家里也都随处可见他们开心的笑容。谈及感受，村民们不约而同地表达了对政府这一切付出的感谢。在江热夏乡易地搬迁安置点，贫困户次吉说道："真的很谢谢你们！"而所有贫困户新家里悬挂的五代领导人像和房顶飘扬的国旗无疑印证了这一点。

下一步，林周县的易地搬迁工作仍在有条不紊地进行中，住建局副局长索朗次仁说，2017年还有686户计划搬迁，林周县境内的386户前期工作已经做完，另外搬往拉萨的部分主体施工也已经完成。县里的总目标是：两年脱贫，三年巩固。对这一目标，他们表示信心十足。

民生改善有目共睹，西藏五保老人生活幸福

摘　要

据悉，2015 年底西藏已在全国率先实现所有有意愿五保对象集中供养和孤儿集中收养，有意愿五保对象集中供养率、孤儿集中收养率均为 100%，全面实现老有所养、幼得其育。

干净整洁的达孜县福利院

“之前在老家时生活困难、看病困难，现在这里照顾非常周到，让我很放心。”精神矍铄的 80 岁老人扎西旺堆住进拉萨市达孜县的五保集中供养服务中心（又称“达孜县社会福利院”）已经 5 年，谈及感受时他乐呵呵地向记者如是说。

五保供养制度是中国在农村地区实施的一种社会保障制度。“五保”是指对符合条件的供养对象提供保吃、保穿、保住、保医、保葬(孤儿保教)等五项生活保障措施。在此基础上，西藏推出五保户集中供养和孤儿集中收养工作。

据悉，2015年底西藏已在全国率先实现所有有意愿五保对象集中供养和孤儿集中收养，有意愿五保对象集中供养率、孤儿集中收养率均为100%，全面实现老有所养、幼得其育。

扎西旺堆所在的达孜县五保集中供养中心建于2009年，建设总占地面积约2.5万平米。“全县122名五保老人里，100名入住这里，他们是100%自愿。”达孜县副县长边巴次仁介绍说，“生老病死葬，从进来到去世，政府全包。”

福利院提供包括医疗、按摩、保健、理发等各种服务一应俱全。记者看到，福利院无论是室内室外都非常干净整洁，院子里老人们三三两两地坐在一起晒太阳、转经筒，精神状态都非常好。

医务室的护士德钦美德在这里工作已经5年，据她介绍，医务室24小时值班，节假日不休。老人生了小病就在医务室看，大问题就送到县医院。福利院会一年组织一次到县医院集体体检。

除了这些常规的服务，2016年福利院还新建了临终关怀室，以满足老人们的民族风俗需求和精神信仰，老人去世后福利院会请僧人念经超度，这些都使得福利院更加人性化，老人们住得更安心。

住进来的老人，不仅在生活上获得了更好的照顾，而且相互有伴也不至于孤单。据介绍，2011年时福利院还曾为10对老人举办了集体婚礼。

如今在整个西藏，县级五保集中供养服务中心已经实现全覆盖，那些年事渐高的老人的晚年生活再也没有忧虑。

数据显示，西藏过去的人平均寿命仅为 35 岁，而现在已经翻了一番上升至 68 岁，这样的成就在世界范围内都绝无仅有。民生改善是西藏自治区党和政府始终坚持的头等大事，如今也交出了有目共睹的，让西藏人民群众满意的优秀成绩。

文艺活动室

达孜县福利院老人的幸福生活（组图）

80 岁的老人扎西旺堆看上去精神矍铄

老人的卧室

三位老人边晒太阳边转经筒，显得非常闲适。

几位老人在晒太阳，身后的国旗格外醒目。

精准扶贫大数据平台让拉萨扶贫更加运筹帷幄

在达嘎乡拉萨河畔三有村的村委会监控室，大数据平台直观全面的显示所有扶贫信息

2016 年 12 月 24 日，拉萨市曲水县达嘎乡拉萨河畔三有村村委会的监控室，一幅巨大的屏幕上显示着拉萨全市的扶贫脱贫数据，直观而全面，只需轻轻一点，所有信息一览无余，这一强大平台的名字叫“拉萨市精准扶贫信息应用平台”，有了这一平台，拉萨市的扶贫工作变得更加运筹帷幄了。

拉萨市精准扶贫工作应用平台

“精准扶贫大数据平台”由拉萨市推出，在拉萨市指挥中心就可以看到这里的情况，通过这里也可以看到各个县区，数字及时更新。老百姓每一户家里的基本情况都有详细显示，比如对口扶贫的帮扶干

部是谁，帮扶信息怎么样，贫困户目前在做什么，他家搬迁前后的照片，视频等等。”达嘎乡党委副书记、村第一书记索朗央吉向记者介绍说。

三有村是达嘎乡2016年建成的精准扶贫易地搬迁安置点，该村正在努力建设易地扶贫搬迁示范村、新型城镇化建设示范村和小康建设示范村等。索朗央吉表示，有了这样的精准扶贫大数据平台，贫困户的所有信息一目了然，对贫困户的情况掌握更直观，扶贫工作也变得更加精准高效了。

“大数据平台是我们工作的一个重要抓手，也是发现薄弱环节的一个非常有效的手段，也是各级党委政府感到压力最大的一件事情，因为在上面没有什么可以遮遮掩掩的。”拉萨市委副书记、市政府党组副书记、常务副市长胡洪在当天的座谈会上表示，“这是一件自加压力做的事，但这件事必须要做，因为这是我们确保精准扶贫精准的一个最有效的手段。”

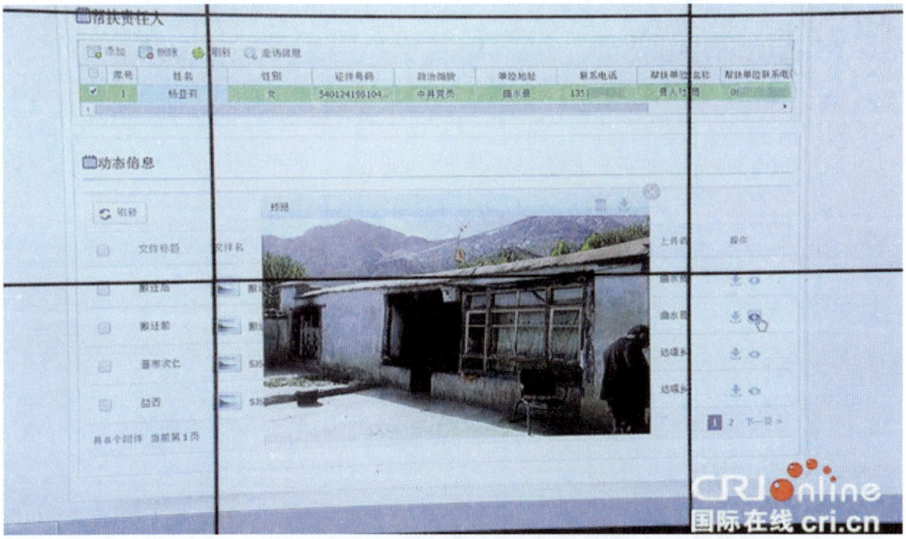

拉萨市精准扶贫工作应用平台

胡洪介绍说，“我们每周都要在大数据平台上抽一个县，让县里的同志和扶贫办的同志面对面，随机抽取最少30户，电话采访贫困户，目前数据情况一天比一天好。”

除了贫困户的各种信息，扶贫资金的流向、多部门协同工作等等，该平台提供的一目了然、方便快捷的速度在以前是没有的。拉萨市扶贫办党组书记普布顿珠曾评价说，该平台为精准扶贫工作提供全面、准确、可靠的数据支撑，真正实现扶贫开发工作由大水漫灌向精准滴灌的转变。

据了解，拉萨市精准扶贫信息应用平台于2016年4月开始开发，11月正式投用，是西藏首个精准扶贫大数据平台。

【中国经济网】

李　婧

感受雪域高原的别样风情

冬日的布达拉宫正值旅游淡季，广场安静恬谧。

2016年12月19日，“冬行西藏”全国网络媒体采访团开始在拉萨市和山南市的采访。采访途中，媒体团成员也一睹了冬日的大美西藏。

大昭寺前信拜的信众

冬日蓝天白云映衬下的雅鲁藏布江

固边富民，藏南边境小城的扶贫创新之策

2016 年 12 月 21 日，“冬行西藏”全国网络媒体行山南采访组来到山南市洛扎县采访。在洛扎，固边扶贫是落实精准扶贫任务的一项创新之策。

为了解决边境一线群众的生活困难，洛扎县落实了山南市富民固边政策，对边境一线的边民补助实行每年每人 2900 元。补助的发放不仅让群众安心守边，还帮助大批贫困户摘掉了贫帽。

其美卓嘎和她的一个女儿

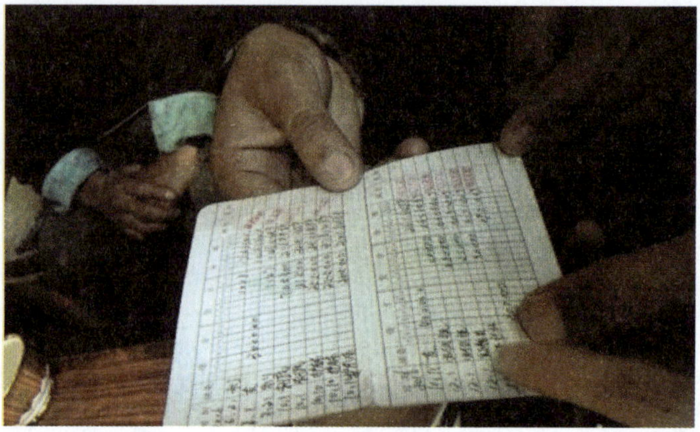

其美卓嘎向记者展示存折

记者走访了洛扎县色乡曲西村村民其美卓嘎一家，这是一家被列入建档立卡的贫困户，女主人其美卓嘎47岁，家庭成员还有两个老人三个子女一个外孙，生活压力较大。在政府精准扶贫政策惠及下，按照规定，其美卓嘎家庭成员中年龄16岁以上的有五人，单是边民补贴一项每年就能拿到14500元。

除了边民补贴之外，政府还通过教育扶贫、医疗扶贫、就业扶贫等方式帮扶其美卓嘎一家。在她向记者展示的存折上可以看到，目前她的家庭存款已达到29000多元。她对记者说，感谢党和国家的政策，感谢各级组织和干部的帮扶，让她过上了好日子。

据了解，不仅是洛扎县，在整个山南市，像其美卓嘎一家这样，通过固边富民等综合扶贫措施摘掉贫帽的家庭还有很多。根据山南市2016年精准扶贫中固边富民情况的统计，目前，山南市已完成边境小城示范村可编制工作49个，涉及4704户、1.28万人。

文化遗产在今日杰德秀小镇的民族技艺传习

杰德秀在藏语里意为“口齿伶俐”，以此命名的杰德秀镇是一个历史悠久的贸易小镇。16 世纪末至 18 世纪初杰德秀镇已形成相当规模的小商品集散地，有来自尼泊尔、锡金、缅甸等地的商人经营日用品，并把此地特色手工艺品远销国外，是西藏历史上著名的物币交换、物物交换的贸易中心，这里更是远近闻名的“围裙之乡”。

嘎日邦典编织技艺传习基地

一位正在编制邦典的阿佳

一件邦典成品

在藏语中，围裙叫做邦典。嘎日邦典编织传习基地成立于2002年。起初，主人嘎日只是靠着纺织邦典贴补家用及供孩子上学。2002年起，嘎日专门在家里纺织邦典，并雇了6个人帮忙，他们所生产的邦典越卖越好，现在已供不应求。2006年杰德秀邦典编织技艺被列入国家级非物质文化遗产保护名录，嘎日成了这项技艺的国家级非物质文化遗产传承人。2007年，在政府扶持下，嘎日家创办了编织邦典的专业合作社。几年间，合作社不断壮大，邦典打破了仅在西藏山南、日喀则、拉萨等地的销售局面，产品远销到国外尼泊尔、不丹及欧洲等地。嘎日的女儿丹增卓嘎告诉记者，曾有日本客户亲自上门购买邦典。现在，制作邦典一年的纯收入基本能达到40到50万左右。

在采访中，记者了解到，在这里帮工的阿佳们几乎每日都来这里编织邦典，其中一位更是20年无间断来这里做工。她们熟练的手工使得这项古老的技艺在今天依旧活跃在人们的视线中，也是她们的努力让这项民族工艺扬名海内外。

在这里，除了技艺传习，邦典编织也帮助这些农牧民阿佳获得了一笔可观的收入。丹增卓嘎告诉记者，这些帮工每日可获得80元的收入，特别是对于一些贫困家庭来说，一年获得的收入对改善家庭生活很重要。

丹增卓嘎说，希望可以把编织邦典的技艺传承下去，让这项技艺可以帮助更多的人改善生活，更希望这项民族手工艺能够传播得更广更远。

多民族文化和谐发展的西藏：藏南门巴族风采

勒布沟下的麻麻门巴民族乡

麻麻门巴特色民居

麻麻门巴民族乡

篝火前跳舞的门巴族女孩

记者来到了位于山南市错那县勒布沟的麻麻门巴民族乡。门巴族是中国具有悠久历史文化的民族之一，主要分布在西藏门隅和上珞渝的墨脱及与之毗连的东北边缘。近年来，麻麻门巴致力于打造特色生态旅游小镇，2016 年 9 月，麻麻门巴生态文明小康示范村入选农业部中国美丽休闲乡村——特色民居村。

据错那县旅游局局长阿边介绍，麻麻门巴发展生态旅游以来，兴建起 67 户农家乐，每年来这里的游客众多。在政府的帮扶下，麻麻门巴村民已达到年均 5 万元的收入水平，生活质量大为改善。

跳舞的门巴族女孩

【光明网】

王恩慧

清晨第一道曙光照亮拉萨

（原文配短视频）

2016年12月19日，7点50分，美丽的拉萨被黎明第一道曙光照亮。庄严的布达拉宫，在清晨的微光中显得格外圣洁、静谧、安详、超脱，不由得让人心生感动。

早起晨练和朝拜的人们三三两两出现在镜头中，呈现出一种安静、和谐的雅然。美丽的拉萨，开始了新一天的美好。

清晨的布达拉宫

路好了，尼玛师傅快乐出行

（原文配短视频）

2016 年 12 月 19 日，光明网记者跟随“冬行西藏”全国网络媒体采访团赴山南采访。57 岁的司机尼玛师傅是负责接送我们这路记者的司机之一。牛仔帽、太阳镜、黝黑的皮肤，尼玛师傅熟练地驾驶着越野车，行驶在开往山南的高等级公路上。

一路上，尼玛师傅和我们熟悉后，逐渐聊起天。在和尼玛师傅聊天中我们得知，他已经有着40年的驾龄，这多少让我们感觉有些吃惊。尼玛师傅说，2011 年拉萨至贡嘎机场的高等级公路通车后，每次出门都会让他觉得内心舒畅。现在，从拉萨开往贡嘎机场，只需要一个小时就能够到达。而在以前，至少需要两个多小时。

尼玛师傅开玩笑说，自己开解放车的时候，到处都是山路，颠簸在路上，一天下来整个人像是要散架。那时候开车对他来说是件糟心的事。如今，随着拉萨车辆越来越多，到处都通了公路，高等级公路还免费通行，尼玛师傅觉得当一名司机也是一件幸福的事。

据了解，随着全国最后一个不通公路的县城墨脱县正式通车，如今的西藏交通已经十分发达。到 2020 年，全区力争公路总里程达到 11 万公里，完成危桥改造和生命安全防护工程，基本消除交通运输对经济社会发展的瓶颈制约。对于尼玛师傅和自治区的百姓来说，便捷的交通、方便的出行，无疑让他们在美丽的西藏生活得更加幸福。

教育精准脱贫为山南的孩子插上梦想的翅膀

“每个梦想，都值得灌溉，别让阳光背后只剩下黑白……”，对于山南市的每个适龄孩子来说，确保他们能够坐在教室安安心心地享有公平、优质的教育，呵护每一颗心灵的健康成长，是山南市委、市政府高度重视的教育精准脱贫工作。为此，山南市委、市政府通过一系列有力措施推进扶贫工作，为山南的每个孩子插上梦想的翅膀，让梦想照进现实。

教育公平　惠民显著——山南教育走在全区前列

“在促进教育公平和教育惠民政策方面，山南都走在全区的前列，每一个孩子都享有良好的教育。”谈到山南教育精准脱贫工作，山南市委常委、宣传部长燕红言语中透露着自豪与骄傲。教师出身、并且曾经分管过教育工作的燕红部长对山南教育的感情很深，而这项工作也实实在在暖在了家长和孩子们的心坎上。

山南市委常委、宣传部长燕红介绍山南市教育发展情况

“山南市从学龄前教育开始，所有的孩子都包吃、包住、包学费。”燕红部长告诉光明网记者，山南市12个县（区）中已经有9个县（区）实现义务教育均衡发展，县域间教育差距不断缩小。

近年来，山南市加大教育投入，不断改善城乡中小学基础设施教育条件并积极培育教师教学水平，一批又一批内地的优秀援藏教师，把先进的教育理念和教学经验带到山南，大大提高了山南的教学质量。

而在教育惠民方面，山南市2016年在“三包”、寄宿生交通补助、高中免费教育、城镇学前免费教育、营养改善等方面下拨资金到位，将教育惠民政策落到实处，为教育均衡发展提供保障、创造条件，使山南的教育水平走在全区前列。

洛扎县边巴小学发放资助

资助政策　提标扩面——山南走出去的大学生越来越多

有了优质的基础教育，山南市越来越多的学子从这里考出去，走入高校接受高等教育。山南市对于大学生的资助政策，让更多学子尤其是贫困学子可以安心读书，怀揣对知识的渴望，改变命运，实现梦想。

2016年起，山南市对于大学生资助再有大动作，一方面资助范围扩大，另外资助标准大幅提高。2016年山南安排5340余万元资金，对全市普通高考考入国民教育全日制计划内大学的山南籍农牧民子女和贫困家庭子女（含非干部职工城镇居民子女）进行资助，区外本科生、专科生每人每年10000元、8000元，区内本科生、专科生每人每年8000元、6000元。

此外，曲松等部分县（区）对计划外大学生每人每年资助5000元。乃东区充分发挥援藏力量，设立400万元扶智提能基金，用于乡村开展“思想脱贫工程”。琼结县深化推动教育扶贫，创造性地实现了建档立卡贫困户在校大学生生活费补偿四个“四分之一”方式（即“政府补贴、援藏救助、教育基金、群众自筹”等各“四分之一”，合计10000元），打通贫困户子女上大学“最后一公里”，为贫困子女上大学解决后顾之忧。

教育事关百年大计。教育精准扶贫给山南市贫困学生一颗延续梦想和播种希望的种子，而长远来说，更体现了山南对《中共中央国务院关于打赢脱贫攻坚战的决定》的坚决贯彻与落实，体现了山南在全面建成小康社会进程中教育担当的智慧和勇气。

生态西藏：绿水青山就是金山银山

（原文配短视频）

光明网记者跟随“冬行西藏”全国网络媒体采访团由山南市乃东区赶往洛扎县采访。全程380公里，行程近六个小时。一路上，车队奔驰在翻越岗巴拉山和蒙达拉山的公路上，近距离感受如仙境般悬在半空中的羊卓雍措，阳光下的巍峨雪山，美丽的“母亲河”雅鲁藏布江。一路驶来，被生态西藏的自然美景“醉”倒，收获一路的感动。

尼玛师傅说，只有自驾才能体会到西藏的辽远。因此，当他驾驶心爱的越野车，我们似乎能够感受到一种“野性”。车轮追赶着雪山与蓝天，车窗外的自然景色像是一幅在倒退的油画，闪过我们的镜头，留在我们心间。偶尔路过的成群牛羊，并未被我们惊扰，悠然觅着食，和谐地存在于自然中。

车子翻过海拔5030米的岗巴拉山，空气稀薄而清冽纯净。尼玛师傅边开车边询问我们是否有高原反应。被车窗外美景“醉”倒的我们，并没有感到明显不适。

尼玛师傅和车队把车停到一处空旷的路边，指指窗外说：“那就是羊卓雍措。”

我们赶紧下了车，奔了过去。蓝色的羊卓雍措像是一面镜子一样悬在山间，远远看去像挂在半空中一样。静谧的湖面，没有一丝涟漪，瞬间让人安静下来。羊卓雍措面积675平方千米，湖面海拔4441米，海拔4998米，被誉为“圣湖”。

“西藏75个湖泊的水质现状全部达到Ⅲ类标准，其中羊卓雍措、巴松措的湖水水质达到Ⅰ类标准，纳木措湖水水质达到Ⅱ类标准。”

山南市扶贫办主任次仁达娃告诉光明网记者。

次仁达娃说，高原各类生态系统结构整体稳定，生态质量稳定向好。水、气、土壤及生态环境质量均保持在良好状态。森林、草场、湿地和野生动植物等得到了有效保护，大部分区域仍处于原生状态。由于海拔较高，明显感觉风吹得很强劲，细心的次仁达娃还提醒我们要注意防风。

“现在全区各县已全部通了公路，机场、高等级公路也很方便，前来旅游观光的人越来越多。”旅游作为西藏的支柱产业，近些年在生态治理、风沙治理、天然林与自然生态区保护、退牧还草促进草地恢复等方面进行有效治理，生态更加优质，被誉为是全球环境质量最好的地区之一。

巍峨的雪山、灵动的河流、古朴的村居，还有驶过村镇时偶遇的居民，让我们感到一种浑然天成的美感。尤其是那雪山、那蓝天、那美景、那牲畜，以及生活在这片土地上的人们，呈现出一种完美和谐的交融，让我们“醉”在心里，美在心中。

蓝天、雪山、白云交相辉映，映入我们的眼帘。

精准脱贫让其美卓嘎一家过上了好日子

（原文配短视频）

37 岁的扎西次仁是洛扎县色乡乡长。这位有着近二十年党龄的年轻乡长，皮肤黝黑，操着一口流利的汉语，能够熟络地说出乡里每村每户的情况。

听说我们此行是采访精准脱贫工作，扎西次仁把我们带到了全乡贫困率最高的色乡曲西村。色乡地处边境，典型的半农半牧乡镇，全乡贫困率为 20.48%，曲西村占到了 6.5%，也是全乡重点扶持的对象之一。

47 岁的其美卓嘎是村里精准脱贫的典型代表。来到她家时，其美卓嘎家里像是过年一样热闹，举行隆重的欢迎仪式迎接我们。

一进屋，其美卓嘎端上热气腾腾的酥油茶和刚炸好的卡塞招待我们。外面天气很冷，屋子里暖烘烘的，温馨而古朴，墙上最显眼的位置悬挂着国家领导人的头像。

淳朴的其美卓嘎

其美卓嘎的丈夫前些年去世,她带着三个孩子和老人一起过生活,日子过得紧紧巴巴。回想起那些年,其美卓嘎脸上闪过一阵愁容。整个村子生活条件都不好,她家情况更糟。其美卓嘎说,最困难的时候,小孩子冬天光着脚,冻得生疼。其美卓嘎不会说汉语,但是从她的口气中,我们能感受到她内心的酸涩。

自洛扎县开展扶贫工作以来,其美卓嘎一家成为政府精准扶贫建档立卡户。在政府的精准帮扶下,其美卓嘎和她的两个孩子都有了工作,分别从事护林员和草场监督员,收入稳定。其美卓嘎的另一个孩子考上了大学,政府还资助了学费。说到这里,其美卓嘎拿出孩子的大学学生证向我们展示,脸上挂着喜悦。

如今,其美卓嘎家还养着 12 头牦牛,种着十几亩地,仓库里堆满了丰收的青稞。2016 年,其美卓嘎家庭总收入 78640 元,人均收入 11305.7 元。政府为其美卓嘎一家全部上了保险,大病全覆盖,一家人的生活很滋润。

采访中,扎西次仁乡长告诉我们,其美卓嘎一家脱贫的另一个举措是入股加入合作社,进行蔬菜种植,每年有固定的分红。这样一来,其美卓嘎的家庭收入又大大提高。记者了解到,当地充分发挥党员模范作用,带领百姓脱贫已经形成了一种致富模式。

和其美卓嘎一样,截止 10 月 30 日,色乡 133 户 419 人已经全部实现脱贫。其中,73 户 227 人已经达到了洛扎县确定的人均纯收入 6100 元的标准,实现了高标准脱贫。

当记者问起其美卓嘎现在过上了好日子,心里最想说点啥时,朴素的其美卓嘎抬头看了看悬挂在墙上的领导人头像,说最感谢党和国家的好政策,让家里发生了巨大的变化,日子红火起来。

小小木碗，看西藏工匠精神

“冬行西藏”全国网络媒体行采访团在错那县麻麻乡门巴生态文明小康示范村采访期间，光明网记者遇到了这样一位老人，他一辈子都在致力于一件事——手工制作木碗。手工木碗工艺不仅改变了老人的生活，也带动了当地很多人致富。老人说，他最大的心愿是以一种工匠精神将手工木碗工艺传承下去。

老人名叫珠杰，60 岁，门巴族。来麻麻乡门巴生态文明小康示范村观光旅游的人们，几乎都会到老人所在的茶馆里坐一坐，喝喝茶，欣赏老人的手工木碗。很多游客会购买几个木碗，带回去使用或作为装饰品收藏起来。每次有客人光临，老人都会穿上门巴族盛装，热情地欢迎来客，并自豪地向人们介绍手工木碗工艺。

光明网记者注意到，茶馆里摆放了各种老人制作的木碗。老人制作的手工木碗种类不一，按照大小可以分为大碗、小碗、盖碗、套碗、木钵等多种；根据用途又可以分为喝茶、吃糌粑、存放食品、香料、佐料等不同用途。每一个木碗都质地结实，光泽明亮，精致美观，展现了老人精湛的工艺。

珠杰老人的手工木碗

珠杰老人看上去要比实际年龄更沧桑，由于常年纯手工制作木碗，老人的手指皮肤结了厚厚的茧，关节比一般人硬很多。老人从小就掌握了木碗制作工艺。他操着门巴族语言向我们介绍他的木碗工艺时，虽然并不能完全听懂老人的话，但是我们能够感受到老人对于木碗工艺的热爱。

“木碗工艺十分讲究，虽然现在可以用机械批量生产，但是珠杰老人依然纯手工制作，以一种工匠精神雕刻每一个木碗。”错那县政府副县长其米卓嘎告诉光明网记者。

木碗的制作过程分为选材、风干、制坯、细磨、上色五个环节。每一个环节老人都要坚持纯手工完成，老人说手工制作出的木碗细腻，不易破裂，无毒害，个个都是精品。

在西藏，木碗被广泛使用，当地很多人使用的木碗都出自老人之手。老人制作的手工木碗，普通的价格只有一两百元，精雕特制的木碗能卖到要几千元、上万元，被收藏者带到各地去。多年的手工艺木碗制作，也改变了老人的生活。由于门巴族只有自己的语言没有文字，所以老人的木碗工艺难以以文字的形式记载并传承下去。老人隐隐有些担心，手工木碗工艺面临失传的危机。老人寻遍门巴族四个乡，找来十几个手工木碗制作的爱好者，手把手向他们传授手工木碗工艺。经过多年的培养，已经有一些人能够独立制作手工木碗了。手工木碗工艺正逐渐改善他们的生活，让门巴族乡亲们过上好日子。

“保护手工制作木碗工艺，让这门民族手艺传承下去。”其米卓嘎告诉光明网记者，错那县专门举办木碗工艺进校园活动，还向社会免费培训，让更多年轻人了解和热爱这门民族工艺。“让木碗工艺传承下去，对于带动当地的旅游发展也会起到重要的作用。”其米卓嘎说。

寻访仓央嘉措故居，世间最美的相遇

（原文配短视频）

2016年12月24日，“冬行西藏”全国网络媒体行在错那县采访的最后一站是寻访六世达赖喇嘛仓央嘉措故居。出发前，采访团成员在车上几乎人人都能随口说出几句仓央嘉措的柔美情诗，细腻纯美的意境，像是去赴一次浪漫的约会。

一早，山间飘起了细雨，淅淅沥沥从半空落下。淡淡的晨雾笼罩着远山，天地之间像是被温暖的胸怀拥抱。很快，车子把我们载到山脚下的一处古老的旧居。石头房子，青石台阶，经幡飞扬，散发着历史的沧桑。这里就是六世达赖喇嘛仓央嘉措的故居。

仓央嘉措故居

“仓央嘉措13岁以前生活在错那县，之后正式去拉萨坐床。故居建在一块大石头上，一棵古老的大树长在上面，传说这块大石头是从印度飞来的。”错那县旅游局长阿边告诉光明网记者。

据史料记载，仓央嘉措1683年生于西藏南部，门巴族人，父母都是普通农奴，后被选为五世达赖喇嘛转世灵童，受教育，并在拉萨坐床，成为一代宗教领袖。仓央嘉措是一位才华出众、富有文采的诗僧，写了很多细腻真挚的情诗，最为经典的是拉萨藏文木刻版《仓央嘉措情歌》，词句优美，朴实生动，汇集了仓央嘉措60多首情诗，被译成20多种文字，几乎传遍了全世界。他的诗歌已经超越民族、时空、国界，成为宝贵的文化遗产。

“仓央嘉措故居保存完整，每年都有很多人慕名前来参观。目前，仓央嘉措故居已经被列为西藏自治区级文物保护单位。错那县正在积极保护仓央嘉措故居，这对研究他的生平及创作十分重要。”阿边说。

“我行遍世间所有的路，逆着时光行走，只为今生与你邂逅。”轻柔的细雨还在飘洒，浸润在我们身上，让我们感到丝丝凉凉的陶醉。寻访仓央嘉措故居，轻吟那些曼妙词句，仿佛与仓央嘉措邂逅在这个浪漫的冬日。“冬行西藏”寻访仓央嘉措故居，收获世间最美的相遇。

VR作品：金色阳光照亮赛卡古托寺

2016年12月21日，“冬行西藏”全国网络媒体采访团深入洛扎县色乡采访。高原金色的阳光拥抱着色乡，天空如水洗过般湛蓝。作为藏传佛教噶举派的重要传承地，位于色乡的赛卡古托寺在高原的暖阳下，神圣庄严。

赛卡古托寺距今已有939年的历史，建于公元1077年至1084年间，该寺被信教群众认为是积蓄富泽的一块神圣之地。赛卡古托寺以其悠久的文化历史和独特的建筑风格而闻名。该寺2001年6月25日被列为第五批全国文物保护单位。

“国家投入大量资金对寺庙僧舍进行维修，帮助寺庙僧舍修了路，通了水，通了电。”赛卡古托寺寺管会主任次仁罗布告诉光明网记者，政府每年为僧人们免费体检，还把生活困难的僧人列入低保，养老保险实现全覆盖。说到这些好政策，次仁罗布和寺里的僧人们对党和政府表达了由衷的感谢。

赛卡古托寺

VR 作品："圣湖"普姆雍措，时空在这一刻静止

2016 年 12 月 22 日，"冬行西藏"全国网络媒体采访行山南采访组继续第四天的行程，由洛扎县赶往贡嘎县采访。车队沿着山间公路盘旋向前。一路下来，近四个小时行程。就在我们感觉有些疲惫的时候，峰回路转，一处如水洗般湛蓝的湖出现在我们视野中，于是大家都精神起来，迫不及待地冲下车。

眼前这纯净蔚蓝的湖就是著名的普姆雍措。"普姆"在藏语里意为"少女"，因此，普姆雍措也被誉为"女儿湖"。尽管已是冬日，湖面却并未结冰，湖水拍打着结冰的岸边，发出清脆的声响。放眼望去，冬日的暖阳下，远山与湖水交融，湖水与远山倒映，像极了一座人间天堂。

普姆雍措

圣洁的雪山、清澈的湖水、透明的蓝天、洁白的云朵、清新的空气、偶尔掠过湖面的飞鸟。这一刻，仿佛时空在普姆雍措这里静止，驻足岸边，我们感觉自己与“圣湖”融为一体，静静地感受和体味这世间的美。

随行的山南市扶贫办主任次仁达娃告诉光明网记者，习总书记提出“既要绿水青山，也要金山银山”，生态保护与建成小康是统一的。因此，在精准脱贫攻坚行动中，生态脱贫是重要方面。随着西藏生态保护的力度加大，西藏的自然生态越来越好。西藏是生态安全的重要屏障，西藏高度重视生态保护工作。投入大量资金进行生态建设，比如雅鲁藏布江的生态林建设、退牧还草、湿地保护等等，一系列的治理举措下才有了西藏今天优质的生态环境，也为西藏的旅游发展提供了重要的生态保障。

普姆雍措

VR 作品：仓央嘉措的故乡竟藏着这样美丽的养生乐园

2016 年 12 月 23 日，“冬行西藏”全国网络媒体行第五天，采访团赶往仓央嘉措的故乡——位于西藏南部的边境小城错那县采访。当地人告诉光明网记者，来错那县一定要去麻麻乡门巴生态文明小康示范村，这里最能体现门巴民族特色。

麻麻乡门巴生态文明小康示范村

大山深处，氤氲着薄薄的雾气，我们来到这里。车子停下后，我们被眼前这座既现代又极富民族特色的生态村惊呆了。这哪是一座村落，分明是一座现代养生乐园！沁人心肺的生态环境，整齐划一的建筑楼宇，完善齐全的配套设施，热情好客的门巴族乡亲，边境线上竟然隐藏着这样美丽的生态村！

随行的错那县旅游局局长阿边告诉光明网记者，2016 年全县旅游经济收入达 1500 多万元，大部分都集中在麻麻生态文明小康示范村。五月到十月是麻麻乡门巴生态文明小康示范村旅游旺季，前来观光、养生的游客很多。十月份，游客们来这里竟然出现了订不到客房的现象。

“麻麻乡门巴生态文明小康示范村迎客仅一年多时间，已经吸引了非常多的游客。”阿边说，该项目从 2014 年 3 月 18 日开工，总投资 8858 万元，2015 年 7 月竣工，既凸显了门巴族特色，也改变了门巴族乡亲们的居住环境，为全面开发勒布沟旅游产业打下了基础。生态村正式运营后，麻麻乡的门巴族乡亲们也看到了商机，纷纷在这里搞起住宿、餐饮、工艺品等生意。短短一年多的时间，门巴族乡亲们每家都有几万元的收入，多的达到二三十万，大大改善了他们的生活，门巴族乡亲们对旅游致富充满热情和信心。

当晚，我们住在生态村。生态村的夜晚霓虹闪烁，麻麻夜景炫彩迷人。热情的门巴族姑娘们换上美丽的民族服装，燃起篝火，跳起欢快的锅庄，吸引了前来度假的游客和门巴族乡亲们聚在一起观看，装点了美丽的夜晚。

VR 作品：走，去错那湿地公园看野生鸟

2016 年 12 月 24 日，光明网记者跟随“冬行西藏”全国网络媒体行采访团走进位于西藏的边境小城错那县。这里不仅因仓央嘉措的故乡而被人们知晓，更因为这里有丰富的湿地资源，种类繁多的珍稀鸟类，成为西藏南部地区的生态屏障。

光明网记者来到位于错那县的湿地公园。放眼望去，澄澈的湖面延绵至视线尽头。虽然已是寒冬，任然有不少黄鸭在未冰封的湖面上愉快地嬉水打闹，漾起层层涟漪。冰封的湖面上，跳跃着三三两两的野鸟，像一个个可爱的精灵。岸边整齐的护栏和景观灯洁净如洗，沿湖而建的滨水栈道错落有序，是当地老百姓休闲漫步的好去处。

“‘河变湖’工程的实施后，这里成了野生鸟类的天堂，斑头雁、黑颈鹤、黄鸭等十余种鸟类在此栖息，为小县城增添了一道美丽的风景线。”错那县委副书记、县长布多告诉光明网记者。良好的生态环境，吸引了很多鸟类来此越冬，使得这里成了不少鸟类繁衍生息之地。

据了解，错那县立足充沛的湿地资源优势，以保护生态环境为落脚点，2015 年启动了湿地公园一期建设项目，极大改善了小城的城市面貌。目前，湿地公园二期工程正在建设中，湿地申报国家保护区工作也在进行中。二期工程建成后，湿地公园面积将达到 3000 亩，水面宽阔，水清岸绿，霓虹闪烁，勾勒出了错那炫彩的美景。

“接下来还将对湿地公园进行合理的规划，通过生态的改善，让错那湿地公园成为野生鸟的天堂。”布多说，在湿地公园建设的同时，错那县还对县域内的湖泊进行了有效的治理，对生态保护起到了重要的作用。

【央广网】

牛夏来

情暖达孜

“冬行西藏”全国网络媒体行拉萨采访组第一站是素有拉萨“东大门”之称的达孜县。

自西藏全力实施脱贫攻坚工程，开展精准扶贫精准脱贫工作以来，达孜县在区、市党委、政府的坚强领导下，结合县域实际，围绕制定“一年脱贫，四年巩固”攻坚任务，扎实落实各项脱贫举措，现取得了阶段性的成效。

据达孜县政府相关负责人介绍，全县建档立卡贫困户 1068 户 3945 人、其中一般贫困户 618 户 2390 人、低保贫困户 346 户 1350 人、纯低保户 84 户 182 人、五保贫困户 20 户 23 人，占农村总人数的 14.498%，占总人口数的 12.223%。

针对这些扶贫对象，达孜县以农牧民人均纯收入为基本依据，综合考虑住房、教育、健康等状况，完善扶贫建档立卡系统，确保扶贫对象精准。县政府大力发展净土健康、旅游文化、民族手工艺等为代表的民族特色优势产业，通过扩大就业、产业分红、扶持创建小微企业、农牧民专业合作社等办法促进群众增收，带动建档立卡贫困户脱贫。目前达孜县工业园区内已有实体净土健康小微企业 23 家，打造了现代农业产业园区，扶持了6家民族手工艺专业合作社，实现了贫困人口就地就近就业以及参与产业分红。2016年10月10日达孜县集中为建档立卡贫困户1060人进行产业分红，资金达265.05万元，人均增收2500元。此外，达孜县结合县域实际，积极开发就业措施，目前已转移就业553人，月收入2000至4000元不等，吸收117名乡村环卫工人，月工资为900元。

该县坚持群众意愿、注重因地制宜、搞好科学规划，加快后续建设，大力实施易地扶贫搬迁。目前，易地搬迁共有300户，一期100户已全部建完。已完成搬迁入住，二期200户，预计2017年4月建成完工。为了给搬迁户创造良好的生活环境，结合家电下乡政策，县政府给每户配备1.1万元的标准家具及电视机，同时，加快解决搬迁群众就医、就学、就业问题，针对搬迁户中有劳力的，符合条件的分别在县工业园区、县农业产业园区安排固定岗位105人；将搬迁户中适龄学生分别安排在县中学和县中心小学，县幼儿园就学。

据了解，达孜县已落实自治区“十三五”时期新增的生态补偿脱贫购买服务转移就业岗位2693个，其中林业系统生态保护岗位1780个、草场生态保护补助奖励机制岗位490个、水生态保护和村级水管员岗位145个、城镇保洁员和村级环境监督员177个、农村公路养护岗位48个、地质灾害群防群测员岗位5个、旅游厕所保洁员岗位48个，设定岗位工资为4000元/人/年（其中3000元自治区转移支付，1000元县级配套），确保了生态补偿政策全面落实到位。

据悉，达孜县还建成了城乡低保对象“应保尽保、应退尽退”的动态管理机制，结合区市相关文件精神，对民政城乡低保进行了清理。目前该县民政系统低保人数分别为城镇20户33人，月人均690元，农村低保317户814人，占全县农村人口的3%以下。同时，建成了五保老人供养中心，目前五保老人意愿集中供养率达到100%。

松赞故里的文化传承与扶贫新策

2016年12月22日上午，“冬行西藏”全国网络媒体行拉萨采访组一行来到了素有“天边之乡”美誉的墨竹工卡县，参观了“墨竹尼江直孔印象”特色产品体验中心。

墨竹工卡县是西藏文化资源大县之一。为了让古老的文化艺术以最原滋原味的形态继续传承；也为了通过产品体验中心这一销售、展示、推介平台，有效填补乡镇乃至全县特色产品销售渠道空白，不断提升尼江特色产品品牌整体形象和知名度，拓宽产品销售渠道，加快推进订单农业规模进程，确保尼江乡如期完成精准脱贫攻坚任务，2015年底，墨竹工卡县建立了“墨竹尼江直孔印象”特色产品体验中心，2016年7月27日正式挂牌试营业。

直孔手工藏香

据了解，该体验中心是由墨竹工卡县整合各类资金50余万元，引导尼江乡4家专合组织和扎雪乡1家专合组织共同筹建的。该体验中心总面积850平方米，设有销售中心、体验中心、培训中心，集中展示了直孔手工藏香、手工唐卡、民族手工艺品和其他特色优质产品。

直孔手工藏香是严格按照藏族医学典籍《四续部》的配方和藏香提炼大师配制的秘方，利用直孔当地天然无害药材精制而成的。如今已有扎雪藏香、遍利藏香、热色藏香等不同配方、不同功效、不同品牌的藏香。

藏族唐卡艺术随着历史的发展逐渐形成了独具特色的众多流派体系，直孔唐卡就是众多流派中极富特色的一支，其在历史上一直以家族传承的方式在较小范围内流传。直孔唐卡包括刺绣唐卡、缝片唐卡、颜料唐卡三种，它将绘画和刺绣相结合，是刺绣在布绸上的彩色卷轴画，画面凹凸有致，极富立体感。因为其独特的绣技、传统古老的制作方法、考究的用料，直孔唐卡如今已被收录入墨竹工卡县非物质文化遗产名录。

直孔唐卡

氆氇是藏族手工生产的一种羊毛织品，经纺纱、染色、织造、整理等工序完成，氆氇细密平整，质软光滑，是加工藏装、藏靴、卡垫、床毯的主要材料。氆氇相传有2000多年的历史，在藏族人们日常生活中所占地位如内地的棉布一样重要。

氆氇纺织

直孔雕塑佛像属藏族十明文化中的工巧明（工艺学），是独具藏族特色的工艺美术。直孔佛像既达到了工巧明度量衡的严格标准，又不失艺术的自由，可分为黄金、白银、黄铜等贵重金属为主要材质的金属佛像和以绿松石、珊瑚、珍珠等名贵珠宝或天然名贵药材粉末为添加剂的药泥塑佛像。

直孔雕塑佛像

走进西藏首家兵器博物馆，见证灿烂民族文化

2016年12月22日下午4时许，记者随“冬行西藏”全国网络媒体行拉萨采访组来到了位于拉萨市墨竹工卡县的群觉古代兵器博物馆。

群觉古代兵器博物馆是墨竹工卡县藏族民间文物收藏家群觉先生凭借一己之力，经三十多年的不懈努力，收藏了多达万件的社会流散文物而建成的。

据了解，群觉先生收藏的文物中囊括了兵器、家具、马鞍具、丝织品、卡垫、陶器、木器、雕刻、宗教用品、服饰、钱币、古籍文献等类别，种类包括藏、汉、满、蒙等民族各类用品，收藏的范围涵盖了大部分历史阶段。

博物馆内还有许多珍贵的待鉴定文物,如充满传说中的“百女图”、罕见的疑似西藏白瓷的瓷器、类似“铁浮屠”的全副武装战马、传说中的七星宝剑以及纪录片《第三极》中出现的鹰笛等。其中那套全副武装战马据说全世界仅有两套。

当讲解员介绍到火绳枪时,记者发现在大多数枪上刻有“蕃兵”“后藏蕃兵”等字样，这些文物印证了清朝中央政府派军进藏击退郭尔喀入侵者后进一步巩固祖国边防而在西藏组建“蕃兵”（藏军）、发放兵器的史料记载,充分反映了包括藏民族在内的中华各民族唇齿相依、共御外辱的历史事实。

记者获悉,墨竹工卡县还计划将该博物馆申报为爱国主义教育基地。

惠寺惠僧政策让 596 年格鲁派寺院普及手机电脑

西藏拉萨市尼木县塔荣镇林岗村坐落着一个距今有 596 年历史的格鲁派寺院——杰吉寺。2016 年 23 日上午，该寺寺管会副主任洛桑江参手捧哈达迎接了“冬行西藏”全国网络媒体行拉萨采访组，并与记者们喝着甜茶进行了短暂的交谈。

洛桑江参简要介绍了寺院的发展情况，他说，惠寺惠僧政策得到落实后，僧人们老有所养，病有所医，不缺水不缺电，手机已经普及，电脑进入寺院，生活质量不断得到改善和提高。僧众在潜心修法、精进学识、增强修持的同时积极参加相关部门和寺管会组织的爱国主义教育、法制宣传教育，并认真撰写心得体会，争做爱国爱教，遵纪守法的先进僧人。

据悉，该寺是后藏地区最早建立的格鲁派寺庙之一，也是尼木县最大的寺庙之一，主供佛为宗喀巴大师。寺庙建筑占地面积 3000 平方米左右，分主殿和偏殿两处建筑。历史鼎盛时期该寺僧众数量接近 200 名，现定编制 31 人，实有僧人 20 人。在 4 名僧人及 5 名干部组成的杰吉寺管理委员会的努力下，杰吉寺先后分别被区、市、县三级评为“和谐模范寺庙”，管委会则被评为区、市、县级“先进寺庙管委会”。

【中国新闻网】

宋宇晟

一尊佛像卖 1.5 万，藏族手工艺品如何助力致富

达孜县白纳村雪域手工艺园农民合作社内，摆放着各种未完成的佛像，合作社的厂房内，工匠们席地而坐，沿用传统工艺，一点点敲打着手中的金属。据了解，合作社的一尊 18 公分高的佛像定价可以达到 1.5 万元，一年纯收入达七八十万元，成立以来吸纳了 7 户贫困家庭的待业青年就业。对当地 1068 户建档立卡的贫困户来说，像这样有民族特色的传统手工艺品，为他们提供了脱贫致富的独特路径。

2016 年 12 月 19 日，记者随“冬行西藏”全国网络媒体行采访团来到拉萨市达孜县。该县白纳村雪域手工艺园农民合作社的负责人念扎告诉记者，这里生产的都是纯手工打造的铜质佛像。

念扎指着一尊还未完成的、18 公分高的佛像告诉记者，一个人手工制作这件作品至少需要一个多月，其成品的定价可以达到 1.5 万元。如今，合作社一年的纯收入能达到七八十万元。不仅如此，这里制作出的佛像还远销全国各地。

念扎坦言，前来订制手工佛像的订单应接不暇，“有时候甚至要放弃一些上千万的大单子，因为根本忙不过来”。合作社“火热”的经营状况也带动了当地人的就业。

达孜县白纳村雪域手工艺园农民合作社内，摆放着各种未完成的佛像。

在厂房内，工匠们席地而坐，沿用着传统工艺，一点点敲打着手中的金属。

手工佛像

达孜县雪乡民间传统手工艺制作农牧民专业合作社中展示的成品

“目前当地有 17 人在我们这里就业，其中有 7 人来自于当地的贫困家庭。”事实上，念扎所说的情况在达孜县并不少见。记者了解到，在达孜县还有 4、5 家像这样的民族手工艺专业合作社。像这样有藏族特色的手工艺品，为达孜当地产业发展和贫困人口脱贫提供了独特路径。

达孜县雪乡民间传统手工艺制作农牧民专业合作社是该县第一个民族手工艺专业合作社，同时也是西藏自治区非物质文化遗产项目传习基地。这家合作社主要制作布塑羌姆面具、布塑佛像、红珊瑚面具和藏戏服饰等具有藏族传统特色的产品。

相对于打造铜质佛像，学习制作面具更容易。合作社内的工匠告诉记者，一般一年就可以掌握制作面具的技能。因此，合作社允许当地的贫困户在这里边学手艺边做工，每月还会给在合作社学习的工匠发放 2500 元以内的工资。而一名熟练掌握制作面具技能的工匠每月可以拿到 5000 元或以上的工资。

达孜县扶贫办副主任童晋美还告诉记者，国家投入的扶贫资金在这里会转化为贫困户在合作社的股份，这就可以让贫困户每年获得稳定的分红。截至目前，该合作社已连续两年给 60 户贫困群众分红 24 万元。此外，2017 年这家合作社还将增加 20 人的用工需求。

童晋美认为，像这样发展具有民族特色的手工艺品产业，完全可以达到双赢的目的。他说，这样既可以保护当地民族传统手工艺不失传；另一方面也能够通过这些产业带动当地贫困人口脱贫。

易地搬迁让贫困户告别土坯房，住进藏式小院

从24平方米的土坯房搬到150平方米的二层小楼。拉萨市林周县贫困户罗吉一家的生活在2016年下半年发生了翻天覆地的变化。这得益于当地的精准扶贫易地搬迁安置政策。

2016年11月，73岁的罗吉一家搬进了拉萨市林周县为当地建档立卡贫困户准备的易地搬迁安置房，不用自己花钱买房，一家人就住进了150平方米的新居；家里的收入也有了稳定来源。刚住进来的罗吉抱着孙子、满脸笑容地向记者讲述自己家的变化。

难以想象的是，搬到这里前，罗吉一家就住在一间二十几平方米的土坯房里。

2016年12月20日，记者随“冬行西藏”全国网络媒体行拉萨采访组来到了罗吉位于牧区的老房子，这里距离她的新家有三四公里远。记者注意到，由于屋内没有窗户，即便临近中午，老房子仍显得颇为阴暗，屋内正中的柱子使本就不大的房间显得更加拥挤。老屋一边还摆放着破旧的家具，前来采访的记者刚进去三两个人，就已经挤成一团。

罗吉在她的老屋前

罗吉老屋内景

和老房子形成鲜明对比的是罗吉现在居住的藏式二层小楼。新居内宽敞明亮，当地政府配备的藏式家具、家电一应俱全，每家每户的小楼前都有一个小院子，二楼还带有露台，俨然一个藏式小院。

如今的罗吉一家不仅住进了新家，还享受到了当地一系列的扶贫政策。林周县副县长米玛介绍，像罗吉这样的老人，每个季度可以拿到500元养老金，她儿子在县里兼职做草监员、护林员一年还可以拿到6000元，再加上种植饲草的土地流转的收入和儿子在工地干活的工资，目前罗吉一家一年的收入至少可以达到一万元。

而此前，老人一家的收入主要依靠种青稞等作物，积蓄更谈不上。罗吉说，那时如果要买一些生活用品，常常都是用粮食到小卖部里去换。

搬到安置房以后，罗吉一家的生活明显改善。“太开心了，高兴的晚上都睡不着觉，感觉就像做梦一样。”她笑着说。

在林周县，像罗吉老人这样已经或将要享受精准扶贫易地搬迁安置政策的共有1200户5224人。县住建局副局长索朗次仁介绍称，2016年林周县共有514户贫困家庭易地搬迁安置，2017年还将有686户贫困家庭易地搬迁。

当日，记者还走访了林周县另一处位于江夏乡江热夏村的易地搬迁安置点。这里的一户人家正在举行乔迁新居的仪式。当地人称，藏族群众历来有着乔迁新居时举行仪式的传统，“他们会把亲戚朋友、左邻右舍都叫过来庆祝这样喜庆的节日”。

刚刚入住的次吉告诉记者，自己从原来50平方米大小的土坯房搬到了这间120平方米的新居特别高兴。他说，自己一家都对这么好的政策心存感激。

为何创作世界最大唐卡？制作者称为传播文化

直孔刺绣唐卡第六代传承人米玛次仁耗费 9 年时间制作出全世界最大的唐卡。2016 年 12 月 22 日，记者随“冬行西藏”全国网络媒体行拉萨采访组来到拉萨市墨竹工卡县，见到了这位巨幅唐卡的制作者。米玛次仁认为，制作出世界上最大的唐卡，不仅完成了自己的心愿，也传播了唐卡文化，这就足够了。

故事还要从 2004 年说起。这一年，米玛次仁接受了拉萨市当雄县羊八井寺的委托，要制作一幅巨型唐卡。当时，羊八井寺对这幅唐卡的尺寸要求是高 50 米、宽 40 米，双方约定的价格是 24 万元。

不过，在制作过程中，米玛次仁改变了此前的尺寸。他要做出这个世界上最大的唐卡，最终他把尺寸定为高 120 米，宽 85 米。

世界上最大唐卡制作者：米玛次仁

世界纪录证书摆放在位于拉萨墨竹工卡县的米玛次仁工厂中展示

米玛次仁说，当时只是想“把我们中华民族的优秀文化传播出去，让更多人了解唐卡”。那时，他还不知道制作这件将打破世界纪录的唐卡作品要耗费多长时间。

唐卡是一种极富藏民族特色的卷轴画。而在彩绘唐卡之外，刺绣、堆绣、缂丝等都是唐卡的重要门类。其中，西藏拉萨市墨竹工卡县的直孔刺绣唐卡距今已有300多年历史了。

墨竹工卡县文化广播影视局副局长次仁朗杰告诉记者，和常见的彩绘唐卡不同，直孔唐卡的制作难度更高，需要工匠纯手工完成拼、刺、绣、缝等近10道工序。即便是一名熟练的工匠制作一幅长1米、宽0.5米的直孔刺绣唐卡也需要半年到一年时间，“如果作品花样多或者工匠不熟练的话，一幅作品的工期就会超过一年。”

面对看起来几乎难以完成的任务，米玛次仁带领着他的9位徒弟开始了制作。回忆这段经历，他告诉记者，做这幅唐卡时，最大的困难就是资金。

从2004年开始，米玛次仁负担了制作巨幅唐卡的全部费用，此外还要负担几个徒弟的用工和食宿费用。2011年时，有报道指出，米玛次仁已投入了100多万元，几年间他一直靠售卖小唐卡维持着大唐卡的制作。

制作期间，墨竹工卡县也给予了相应的扶持。次仁朗杰介绍，县里扶持了30万元，最终展示这幅唐卡时又资助了30万，此外，当地还通过一些文化产业项目予以扶持。

2013年6月28日，这幅制作周期持续9年的巨型唐卡在墨竹工卡县尼玛江热乡其玛卡村的一处山坡上徐徐展开。整个唐卡包含19座佛像和12个动物野兽图案组成，仅主佛像的手就有两米长，而每个局部佛像要有一层楼高。当天，世界纪录协会高级认证师在山脚宣布，此幅唐卡成功打破世界纪录，成为目前世界上面积最大的唐卡。

米玛次仁徒弟在制作直孔刺绣唐卡

2016年12月22日，记者注意到，这件世界纪录证书被摆放在位于拉萨墨竹工卡县的米玛次仁工厂中展示。证书中写道："中国西藏自治区拉萨市墨竹工卡县米玛次仁先生与其9名弟子于2004年至2013年绣制的西藏直孔堆绣唐卡《嘎举金锦宝串唐卡》，高120米，宽85米，总面积10200平方米，创世界纪录协会世界最大的唐卡世界纪录，特发此证。"

因为之前与羊八井寺约定的价格是24万元。虽然唐卡的大小完全超过了当时的约定，但米玛次仁还是遵守了这个诺言，以24万元的价格将这幅唐卡卖给了羊八井寺。目前，这幅唐卡就收藏在羊八井寺。

而米玛次仁对金钱似乎并不看重。"现在这件唐卡的价格至少已有上千万元了。"米玛次仁自认"吃亏也就吃亏了"。他觉得，制作出世界上最大的唐卡，完成了自己的心愿，也传播了唐卡文化，就足够了。

目前，米玛次仁仍在他的工厂中带领徒弟制作唐卡。随着近年来人们对唐卡了解的深入，唐卡生意也越来越好。目前，米玛次仁的工厂中有16个徒弟，一年能制作10—16幅刺绣唐卡，大概5万元一幅。"现在我们制作唐卡是供不应求，客户都需要提前下订单。"他说。

谈及未来，米玛次仁说："制作最大唐卡的心愿已经完成，也感谢多年来政府对我的扶持。今后，希望能把技法传承下去，让更多人了解唐卡、掌握唐卡制作技艺，将唐卡文化发扬光大。"

易地搬迁，如何让贫困户自愿搬迁、真正脱贫？

俗话说，一方水土养一方人，但在西藏一些地区，恶劣的自然环境让“一方水土难养一方人”。针对这一现状，拉萨市政府实施易地扶贫搬迁和小康安居工程，加快贫困群众通过搬迁脱贫。如何让贫困群众自愿搬迁？搬迁后又如何让他们真正脱贫？2016年12月19日至25日，记者随“冬行西藏”全国网络媒体行拉萨采访组前往林周县、曲水县等地，对当地精准扶贫易地搬迁工作进行了了解。

73岁的藏族牧民罗吉曾经家住拉萨市林周县卡孜村。过去，除了家中的几头牛，老人一家的收入主要依靠种青稞等作物，积蓄更谈不上。

西藏首个易地扶贫搬迁村——三有村

2016 年 11 月，罗吉一家搬进了拉萨市林周县为当地建档立卡贫困户准备的易地搬迁安置房。不用自己花钱，一家人住进了 150 平方米的新居。居住条件改善了不说，家里的收入也有了稳定来源。

罗吉抱着孙子向记者讲述自己家的变化。

像罗吉这样的老人，每季度可以拿到 500 元养老金，她儿子在县里兼职做草监员、护林员一年有 6000 元收入，再加上种植饲草的土地流转的收入和儿子在工地干活的工资，生活改善明显。

“易地搬迁百姓的生活条件都有明显的改善，但我们易地扶贫搬迁的原则是自愿。大部分人是愿意搬的，也有小部分人故土难离。”24 日，拉萨市委副书记、市政府党组副书记、常务副市长胡洪这样向记者们介绍到。“对于故土难离的百姓，我们的扶贫干部会让他们去看扶贫安置点是什么样，去和原来的房屋比较，带他们去看。”他说。

三有村地处拉萨市曲水县达嘎乡境内，是西藏首个易地扶贫搬迁村。村内现有的 184 户 712 人均是来自曲水县达嘎乡、茶巴拉乡和曲水镇的建档立卡贫困户。

村第一书记索朗央吉坦言，最初一些百姓确实是有顾虑的，也存在不想搬迁的情况。如何解决这样的问题？三有村给出的答案是，让即将搬入这里的老百姓加入到家园建设来。

索朗央吉指着村中一户人家告诉记者，他家的户主和女儿都加入了建设新村的工程中，“两人总共赚了 2.8 万元”“这样一来，他们既加入了建设房屋，有了收入，同时也对房屋质量等问题放心。后来他们就跟我说，‘钢筋这么粗，就彻底放心了’。”

仅仅搬迁到新的安置点，并不能完全解决贫困人口的脱贫问题。为此，拉萨不少区县为贫困家庭发放了各类补助、提供就业岗位和技能培训。“搬到新的安置点，不仅要解决好搬的问题，更重要的是要让老百姓真正能‘安’下来。”索朗央吉说。

她告诉记者，三有村还建设有产业扶持区，该区项目以藏鸡、奶牛养殖，中藏药材、饲草作物种植和商铺经营为主。搬迁到这里的贫困户都可以从这些项目中分红。

索朗央吉介绍称，目前预计奶牛养殖项目人均分红 1308 元、藏鸡养殖项目人均分红 1158 元、种植联户经营人均分红 622 元、商铺经营人均分红 338 元。此外，三有村还为搬迁过来的贫困人口提供了就业岗位。德吉在村中的幼儿园任保育员，此前一直在打零工的她，终于有了一份稳定的工作。她称，自己每月可以拿到 1800 元工资。

幼儿园的厨师边巴也是搬迁过来的村民。听索朗央吉说，边巴刚搬迁过来的时候没有技能，当地组织她到拉萨市的学校进行职业技能培训。培训后边巴被安排在村里的幼儿园当厨师，每个月能拿到 1500 元工资。

记者了解到，截止目前，拉萨市落实自治区转移就业岗位 31047 个，岗位补助资金 9314.1 万元。其中：建档立卡岗位 26047 个、岗位补助资金 7814.1 万元，非建档立卡、农村低收入岗位数 5000 个、补助资金 1500 万元。

三有村幼儿园

【澎湃新闻网】

张家然

西藏教育扶贫的山南样本：大学生资助全覆盖，每年最高两万元

“2016年起，山南市大学生资助工作实现了提标扩面，首先是实现了山南籍大学生、大学毕业连读硕士生、博士生全覆盖，其次资助标准也有了大幅提升。”

2016年12月19日，西藏自治区山南市委书记张永泽这样向“冬行西藏”全国网络媒体行采访团介绍山南教育扶贫工作。

根据山南市大学生资助标准，山南籍农牧民子女（含非干部职工城镇居民子女）区外本科每生每年10000元、专科每生每年8000元，区内本科每生每年8000元、专科每生每年6000元；山南籍农牧民子女（含非干部职工城镇居民子女）按照当年西藏自治区招生计划就读免补专业的（不分本专科、区内外），每生每年资助5000元；山南籍的干部职工子女一次性资助5000元。

此外，对本科大学毕业后直接考上硕士生、博士生的资助标准为硕士生每生每年15000元、博士生每生每年20000元。

对于资助资金来源，山南市由市、县（区）本级财政对教育投入25%资金中分级承担。以各县（区）上一年财政一般公共预算收入为基数，县（区）本级财政收入超过5000万元（包含5000万元）的按

照市、县（区）4:6 的比例承担；县（区）本级财政收入不足 5000 万元的按照市、县（区）6:4 的比例承担，市直部门干部职工子女资助资金由市本级投入承担。

官方统计显示，山南市 2016 年共落实资助资金 5348.4 万元、资助大学生 6814 人，其中 2013 级至 2015 级在校农牧民子女大学生 3430 人、资助资金 2984.6 万元，2016 级大学生 3384 人、资助资金 2363.8 万元。

另据山南市委常委、宣传部部长燕红介绍，“从学龄前教育开始，全部的孩子都已实现包吃、包住、包学费”，山南市 12 个县（区）中已经有 9 个县（区）实现义务教育均衡发展通过国家验收，区域间差距不断缩小。

官方数据显示，山南市现有各级各类学校 393 所，在校生 55789 人，学前教育阶段毛入园率达到 90.08%、小学阶段入学率达到 99.99%、初中阶段毛入学率达到 102.52%、高中阶段毛入学率达到 91.05%。

燕红还介绍，在师资方面，西藏于 2016 年开始实施教育人才组团式援藏。山南市是湖南湖北安徽三省在援助，有 140 名优秀援藏老师来到山南，有些校长也是来自援藏三省，这样就可以将内地先进的教育理念带到山南，使山南的教学水平再上一个台阶。

最年轻地级市山南：陆空交通并进，与拉萨构建一小时经济圈

作为全国最年轻的地级市，西藏山南区划调整后目标瞄准与拉萨一体化发展。

“山南市在2016年5月才揭牌成立，是全国最轻的地级市，我们在接下来几年的发展方向是推进拉萨—山南一体化发展，这也被列入了西藏自治区十三五时期的重点工作。”2016年12月19日，西藏自治区山南市委书记张永泽向“冬行西藏”全国网络媒体行采访团介绍说“拉萨—山南一体化发展，就是要推进拉萨—山南两市在城市功能布局、基础设施建设、产业发展、生态文明建设等多个方面的相互衔接，形成基础设施共建、产业互补、资源共享、功能协调的一体化发展新格局。”

西藏自治区山南市乃东区

2016年12月20日，山南市发改委相关负责人告诉“澎湃新闻”：“西藏自治区提出了构建‘拉萨山南一小时经济圈’的规划后，公路、铁路以及机场的建设都已经提速。贯穿山南的拉林铁路、拉萨—山南

高等级公路等基础设施都在紧锣密鼓地建设中；2016 年 9 月开工的拉萨至山南快速通道预计 3 年内建成通车；山南贡嘎机场 3 期扩建工程已完成招投标，将于 2017 年开工。”

2016 年初，国务院批复同意撤销西藏山南地区和乃东县，设立地级山南市，山南市设立乃东区，以原乃东县的行政区域为乃东区的行政区域。山南继日喀则、昌都、林芝撤地设市后，成为西藏的第五个地级市。

另据中新网报道：2016 年 5 月，山南举行撤地设市新闻发布会，原任山南地区行署常务副专员、新闻发言人王友华表示，山南撤地设市后，可以更好地集中区域中心城市的功能，加快推进“拉萨—山南一体化”建设，“通过打造区域增长极，向北向西对接一带一路和新疆，往南通过边贸口岸的打通对接南亚，向东对接川渝经济区，促进区域经济社会发展。”

张永泽也告诉“澎湃新闻”：“当前和今后一个时期，山南将抓住拉萨—山南一体化发展的机遇，按照‘规划引领—项目启动—产业合作—全面推进’的步骤，逐步实现交通同网、信息同享、产业同兴、市场同体、社会同建、环境同治、群众同富的一体化发展宏伟蓝图，努力把山南建设成为全区核心经济区。”

西藏自治区山南市南部，门巴族同胞跳起古老而神秘的门巴戏。

【中国西藏网】

陈卫国

党员次仁特金：发挥能人带头作用　助力脱贫攻坚

次仁特金向记者介绍帮扶贫困群众的事例

西藏洛扎县生格乡甲聚农牧民施工队负责人次仁特金是一名共产党员。近年来他带领群众发展“施工队+村集体+贫困户”的经营模式，推广地材、种植、养殖、退耕还林等产业，走上了一条为乡亲们谋发展、求幸福的道路。

2016年12月21日，记者随“冬行西藏”全国网络媒体行山南采访组来到洛扎县生格乡，采访了次仁特金，听他讲述带领群众发家致富的故事。

次仁特金的办公室

次仁特金是当地一名土生土长的农民，小时候家境贫寒，初中就辍学，但最后他凭借自己的努力，改变了命运。次仁特金说："这些年来，党中央、国务院对西藏农牧民尤其是我们边境县的农牧民给予了特殊的关怀和温暖，先后出台了许多优惠政策，使我们的一切都有了保障，生活发生了过去想都不敢想的变化。"

饮水思源，自己富起来的次仁特金没有忘记党和人民的帮助，积极带动乡亲们发家致富。2009年，他自己出资建立甲聚农牧民施工队，积极动员贫困群众到施工队务工，直接解决了他们的就业问题。

精准脱贫工作开展以来，次仁特金积极参与到脱贫攻坚工作中，为9名有劳动意愿的建档立卡户提供长期的就业岗位，发放工资35.01万元，实现人均年收入3.9万余元。次仁特金积极响应党和政府的号召，发挥致富带头人作用，结对帮扶贫困乡亲77户，提供帮扶金额约101.5万元。

同时，次仁特金还积极倡导为贫困户建档立卡，吸收他们入股到甲聚农牧民施工队参与分红。目前共有59户贫困户入股，入股资金达65万余元。按照入股资金的20%进行分红，现已分红了13万元。

在党委、政府的引导下，施工队在次仁特金的带领下成立了党支部、团支部和工会组织。自施工队成立以来，次仁特金就特别重视党员的先锋模范作用，目前，108 人的施工队中共有 17 名党员、11 名预备党员。

次仁特金以长远的眼光带领甲聚农牧民由施工队向建筑有限公司发展，建筑有限公司目前也已挂牌成立。为了增强公司的竞争力，避免闭门造车，次仁特金还高薪从外面聘请了 8 名汉族技术工，手把手教授当地的施工队员各种技术，增强公司的各项业务能力。

采访最后，次仁特金表示，今后将继续加大对贫困群众的帮扶力度和帮扶范围，让更多的贫困群众尽快摆脱贫困，过上富裕的生活。

据了解，洛扎县是西藏自治区首批 10 个脱贫摘帽县和山南市首批脱贫摘帽的 3 个县之一。目前，全县 26 个贫困村贫困发生率为 0.02%，控制在 2.8% 以内，均达到贫困村退出标准。建档立卡贫困户除 2 户 4 名孤儿因无技术、无就业，没有参加养老保险而没有达到退出标准外，其余 1144 户 3167 人均达到退出标准，贫困户人均纯收入达到 9706.5 元，远超出了脱贫收入标准。

走进错那：云杉住着“棉房”过冬

2016 年 12 月 23 日，记者随“冬行西藏”全国网络媒体行山南采访组来到错那县。一走进县政府大院，记者就看到一排排的“小房子”，在阳光下显得格外醒目。

原来，这些“小房子”都是用棉布围起来的，用来保护试种的云杉，使他们能够安全度过严寒漫长的冬季。错那县县长布多带队政府考察团在当雄县考察羊八井供暖项目期间，发现当雄县云杉存活率较高，所以在同为高海拔的错那引进试种了云杉。

据布多县长介绍，错那县县城海拔高，风大，气候冷，土质差，苗木难适应，不易成活。2013 年以来，县政府广泛动员机关、团体、企事业单位、驻军部队在院内开展春季和雨季人工植树造林试验，试种杨树、柳树、云杉等适应能力强的经济型苗木。

用来保护云杉过冬的“棉房”

为确保试种成功，提高树种成活率，县政府多措并举，栽种苗木前对栽种区域进行客土深栽，栽种完后指定专人负责管理，冬季采取保温措施。所以，当我们走进县政府大院时，就看到了用来为云杉保温的一排排“棉房”。而试种的其他苗木，则采用水泥树池的方式来保温。

据了解，截止到2016年6月，错那县各单位共在院内栽种6个品种苗木2000余棵，成活率达90%以上。错那县通过“树进院”工程的实施，在高寒区真正创造了“一季有花，四季常青”的景观效果。

从“棉房”底部“溜”出来的云杉

从“棉房”顶部看到的云杉以及通气孔

赛卡古托寺：积蓄福泽的神圣之地

1996年赛卡古托寺被列入西藏自治区级文物保护单位，2001年6月25日被列为第五批全国文物保护单位

赛卡古托寺，又称桑喀古托寺，位于西藏山南洛扎县色乡境内。赛卡古托寺建于公元1077至1084年间，距今已有939年的历史。

赛卡古托寺是藏传佛教噶举派的重要传承地，被信教群众认为是积蓄福泽的一块神圣之地，以其悠久的历史文化和独特的建筑风格而闻名。

九层公子塔

寺内的经幡柱

1996 年赛卡古托寺被列入西藏自治区级文物保护单位，2001 年 6 月 25 日被列为第五批全国文物保护单位。

转经道

以“最惊险转经路”闻名的九层公子塔，据传是西藏佛教历史上著名的苦行僧米拉日巴大师一个人用时6年7个月建造的。

社会主义新农村的幸福生活

西藏山南市贡嘎县吉雄社区的德吉新村生态文明小康示范点地处雅鲁藏布江中游，平均海拔 3600 米左右，2014 年 12 月通过竣工验收并投入使用，实现 66 户 268 人整体搬迁。

2016 年 12 月 22 日下午，记者随“冬行西藏”全国网络媒体行山南采访组来到德吉新村，走访了几户村民，亲身感受到了他们在社会主义新农村的幸福生活。

村民达娃家的藏式楼房

村民达娃介绍，国家给他们家补贴了 11 万 5 千元，并且提供 8 年免息贷款，其中 5 万元用于盖新房。自从 2014 年搬迁以来，他们家的生活水平有了显著的提高。达娃家共有两代 4 人，达娃负责管理村里的沼气池和污水处理站，妻子为村里的环卫管理员，一个儿子打工、务农，另一个儿子从事手工艺，家庭人均年收入达到 2 万元。

村民尼玛次仁表示，感谢国家的各项惠民政策，使得他们搬进了新房，过上了幸福的生活。尼玛次仁一家三世同堂，人均年收入达到1万元。

在村民达瓦次仁家，老人回顾了1959年以来自己身边发生的翻天覆地的变化，对于眼前的幸福生活，他说赶上了好时代，享受到了国家的惠民政策，从心底里感到舒畅，真心感谢党和政府。

达娃家的客厅

尼玛次仁的家电

达瓦次仁家安装了无线网络，可以随时上网和收看网络电视。

达瓦次仁家晾晒的血肠和牛肉

德吉伦珠是村里的老寿星，已经74岁了，2015年做了白内障手术，费用全部由国家报销。老人身体很硬朗，心态乐观，与同村村民的关系特别融洽，村民都很信赖她。

在聊天过程中，德吉伦珠老人回忆起小时候当农奴的悲惨生活，让在场的人都感到难以想象。

能够享受到现在的幸福生活，德吉伦珠老人表示特别感谢党和政府。她经常教育子女，虽然国家有各种好政策，但是还是要勤劳，要靠自己的双手来创造更加美好的生活。

遇见大美雅江

飞鸟飞过雅鲁藏布江上空

观景台边的围栏上，五彩经幡随风飘舞。

观景台视野开阔，能将宽广的雅鲁藏布江尽收眼底。

观景台上的凉亭

2016 年 12 月 19 日下午，“冬行西藏”全国网络媒体行山南采访组乘车从拉萨赶赴山南，途中经过“雅鲁藏布江观景台”，一行人欣赏到了冬日雅鲁藏布江的美景。

江边的树林

发挥网络传播优势，展示山南快速发展新成果

2016年12月19日，“冬行西藏”全国网络媒体行山南采访组一行抵达山南市开展采访活动。山南市委书记张永泽与中央网信办网络新闻信息传播局副局长唐宋率队的采访团一行座谈。

张永泽首先代表市委、市政府对来山南采访的网媒记者们表示热烈欢迎和衷心感谢，并简要介绍了山南市的基本情况和经济社会发展情况。

山南市委书记张永泽与采访团一行座谈

张永泽说，山南文化底蕴深厚，被称为“藏民族的摇篮、藏文化的发祥地”，拥有西藏历史上的诸多第一。同时，山南也是一个有藏、汉、门巴、珞巴等28个民族聚集的多民族地区，水能、太阳能、矿产等资源丰富。近年来，山南市在以习近平同志为核心的党中央的亲切关怀下，在区党委、政府的坚强领导下，在湖南、湖北、安徽三省和中粮集团的无私援助下，经济社会发展取得了瞩目的成绩。2015年，山南市生产总值达到113.6亿元，居全区前列；财政收入达11.6亿元，居全区第二位；农牧民人均纯收入8891元，居全区第三。山南市还是全区最稳定、最安全的地市之一。2016年，山南市创建了国家公共文化服务体系示范区，正在创建国家生态文明先行示范区和国家特色城镇化示范区；在前不久，《2016中国地方政府效率研究报告》中，山南市还位居全国地市政府效率百强榜前三；在生态文明建设中，错那县麻玛村更是被评为“中国最美休闲乡村”。

张永泽表示，希望“冬行西藏”全国网络媒体行山南采访组的媒体朋友们能在山南多走走，多看看，积极宣传山南在脱贫攻坚、守土固边、精准援藏和生态文明建设中的好经验、好做法，向全国展示山南快速发展的新成果。同时，也希望通过此次活动，加强山南与各新闻媒体的联系，建立良好的合作关系。

山南市委、市政府对“冬行西藏”全国网络媒体行采访团工作的大力支持和周到安排，唐宋表示衷心的感谢。她说，西藏山南历史文化悠久，民族团结渊源流长，文成公主、金城公主的故事至今感人肺腑。她第一次进藏就来到山南，对山南的发展变化有了全新的认识。她表示，采访团要充分发挥网络传播优势，宣传报道好山南在推进经济发展、社会稳定、民生改善和生态文明建设等工作中的好经验、好做法。

“九个到户到人”
山南脱贫攻坚工作取得优异成绩

2016年12月20日上午，山南市脱贫攻坚指挥部各专项组成员与“冬行西藏”全国网络媒体行山南采访组一行座谈。会上，山南市副市长、市脱贫攻坚指挥部副总指挥长张福臣介绍了山南市2016年脱贫攻坚工作的相关情况。

2016年，山南市牢牢把握脱贫攻坚主攻方向，坚持多措并举、创新施策，圆满完成了年度计划脱贫目标，脱贫攻坚工作取得了优异成绩。

山南市紧紧围绕脱贫攻坚重点，实行“九个到户到人”，做到扶贫扶到人身上、脱贫落到人头上，切实提高了脱贫攻坚的针对性、有效性。

一是精准识别到户到人

山南市实行《贫困户精准识别表》《帮扶责任人帮扶措施统计表》《“一户一档、一人一法”台账》《贫困户收入台账》“四表到户上墙”，并根据致贫原因，因户因人精准施策，共对19191户57844名贫困户建档立卡，并制定脱贫措施2.12万条。

二是产业扶持到户到人

山南市充分挖掘各县（区）优势产业发展潜力，共梳理出种植业、养殖业、民族手工业等6大类373个项目，总投资70.92亿元。

座谈会现场

山南市副市长、市脱贫攻坚指挥部副总指挥长张福臣介绍山南市2016年脱贫攻坚工作的相关情况

三是易地搬迁到户到人

“十三五”期间，山南市建档立卡内335户1034人易地搬迁工程已全部开工，完成投资7106万元，共建设15个集中搬迁点，集中率达78%。目前，已完成105户300人的年度计划内易地搬迁任务。

四是固边富民到户到人

提高边民补助标准，加快推进固边富民搬迁工作。

五是转移就业到户到人

加大生态补偿脱贫转移就业力度，西藏自治区下达山南市生态补偿脱贫转移就业岗位4.5万个，已落实3.69万个，为贫困人口每人每年增收3000元，2016年实现4338户16331名建档立卡一般贫困户脱贫。

六是大学生资助到户到人

山南市支出790万元资金，对全市普通高考考入国民教育全日制计划内大学的山南籍农牧民子女和贫困家庭子女（含非干部职工城镇居民子女）进行资助。区外本科生、专科生分别每人每年1万元、8千元，区内本科生、专科生分别每人每年8千元、6千元，2016年实现146户614名建档立卡一般贫困户脱贫。

七是健康扶贫到户到人

按照“一地一册、一户一档、一人一卡”原则，全市共梳理出“因病致贫、因病返贫”建档立卡贫困群众3569人，由市县两级财政每年各出资50万元，建立1000万元的大病救助基金，全面推行“先住院、后结算”制度，对尿毒症等重大疾病产生的医疗费用，通过医疗制度报销补偿，商业保险和医疗救助后仍有困难的，从基金中予以补助。

八是旅游电商扶贫到户到人

依托本地资源文化优势，将旅游开发与脱贫攻坚相结合，大力倡导文化旅游、乡村旅游、生态旅游，积极引导贫困户参与旅游开发。

九是信贷扶贫到户到人

前三季度，全市建档立卡贫困户精准扶贫贷款近2.1亿元，受益贫困户4671户16540人，2016年实现55户200名建档立卡一般贫困户脱贫。

扎西吉宗家的脱贫致富路

2016 年 12 月 21 日，记者随“冬行西藏”全国网络媒体行山南采访组来到洛扎县色乡曲西村扎西吉宗家，详细了解了在精准扶贫政策下，扎西吉宗一家从贫困走向脱贫致富的情况。

据曲西村村支书益西尼玛介绍，扎西吉宗的父亲已经 80 多岁，母亲有残疾，家里只有扎西吉宗一个劳动力，属于因残致贫、因缺劳动力致贫的贫困户，人均年收入只有两千多元。

2015 年，党员致富带头人、色乡发展农牧民施工队负责人扎西尼玛开始帮扶扎西吉宗，吸收扎西吉宗进入施工队务工，解决了她的就业问题。待遇方面，施工队在日常工资基础上，为扎西吉宗增加了 20 元的务工补贴，工资达到 160 元 / 天。在农牧民施工队的帮扶下，2016 年扎西吉宗家的人均收入达到 1 万多元，实现了脱贫目标。

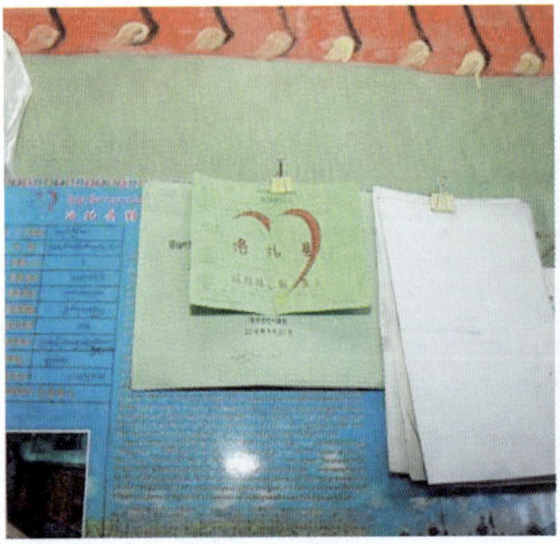

扎西吉宗家墙上悬挂的精准扶贫卡

农牧民施工队负责人扎西尼玛为扎西吉宗家添置的家具

扎西吉宗向记者介绍她们家的生活状况

此外，在市、县、乡各级政府的扶贫政策下，扎西吉宗家每年还能获得边民补贴、草补、寿星老人补助、残疾补助、生态岗位补助等各项政策性补助共计 3 万多元，大大提高了家里的生活水平。仅仅一年多的时间，扎西吉宗家就从贫困状态实现了脱贫，并开始走向致富的道路。

能够实现脱贫致富，扎西吉宗表示，“十分感谢党，感谢国家的各种政策，感谢施工队的各种帮扶。”她还谈到自己原先家里的生活条件十分简陋，施工队的负责人扎西尼玛为家购置了家具，这不仅是物质上的帮扶，更是提升了生活幸福感，让她自己有更大的动力去自力更生、脱贫致富。

据了解，截止到 2016 年 10 月 30 日，洛扎县色乡建档立卡的 133 户 419 人已实现全部脱贫。其中，73 户 227 人已达到了洛扎县确定的人均纯收入 6100 元的标准，实现了高标准脱贫。

易地搬迁精准识别：17 户贫困户将在新房里过大年

2016 年 12 月 24 日，记者随“冬行西藏”全国网络媒体行山南采访组来到桑日县绒乡追塘坝易地扶贫搬迁点。已经通过验收的 17 套安置房上五星红旗飘扬，等待着主人早日搬迁。

据桑日县县委书记康爱民介绍，2016 年的搬迁户来自偏远的扎嘎沟，自然灾害很多，山上植被、土地面积很少，养活不了一方人，所以按照中央、区党委的政策，把这些贫困群众搬迁出来，改善他们的生活条件。

另外，桑日县坚持公平、公正、公开的原则，深入细致做好搬迁对象精准识别工作，逐村逐户了解贫困户的搬迁意愿，精准锁定建档立卡贫困户 101 户、494 人易地搬迁到追塘坝，其中 17 户 60 人将在藏历新年前实现入住，84 户 434 人计划在 2017 年底完成入住。

已经通过验收的安置房

为了保证搬迁群众的生活，桑日县追塘坝易地扶贫搬迁项目立足脱贫、谋划产业，坚持搬迁与发展两手抓，产业发展规划涵盖新垦荒高标准农田，建设智能温室大棚、葡萄基地、核桃经济林、奶牛集中养殖基地等。

为了达到群众满意、政府满意，施工单位在房屋装修时先做了一套样板房，邀请即将入住的群众代表和有关部门负责人进行参观，征求大家的意见。

新房上五星红旗飘扬

修建中的房屋

在村民顿珠多吉家，记者看到房屋已经全部装修好，可以随时搬迁入住。顿珠多吉告诉记者，能够从山沟里搬到这么好的地方，自己以前怎么想也想不到，能在新房里过上藏历新年，打心底里高兴。

2017年，追塘坝计划完成搬迁84户，新建幼儿园、村委会、道路、取水点、小区给排水系统包括电力、照明、环卫系统。新建绿化、挡墙、打谷场、广场、牛羊圈、水池。

据了解，“十三五”期间，山南市将建设15个集中搬迁点，集中率达78%。2016年在泽当镇、加查县莫热坝和桑日县追塘坝建设3个市级扶贫搬迁集中安置点，涉及529户1679人。

麻麻夜景：边境生态文明村的靓丽风景线

在边境小城错那县的麻麻乡，一到晚上，麻麻门巴生态文明小康示范村就灯火通明，灯光夜景成为这里的一道靓丽风景线。近期，“冬行西藏”全国网络媒体行山南采访组一行来到麻麻乡采访，就被这里绚丽多彩的灯光夜景所吸引。

据记者了解，麻麻乡夜景项目总投资 440 万元，于 2016 年 10 月竣工投入使用。夜景工程不仅改善了当地的基础设施条件，增强了地域特色，提升了勒布沟景区品味，还增强了对外吸引力，对促进景区旅游业更好更快发展起到了积极作用。

夜景项目竣工后，当地加强了后续管理，由麻麻乡政府负责抓好夜景设施维护、绿化工作，防止出现“建设高标准，管理低水平”的问题，设立专门岗位，抓好设施维护。

随着季节和游客数量的变化，当地还合理制定了夜景用电时长，如冬季开 15 分钟，夏季开 30 分钟，而在旅游旺季，则增加到 1 小时。

麻麻乡的夜景

湖北“精准援藏”助力山南“精准脱贫”

对口援藏工作启动20多年来，为西藏经济社会发展发挥了巨大作用。日前，“冬行西藏”全国网络媒体行山南采访组一行走进山南，走村入户，见证了老百姓的幸福生活。这背后，当然也少不了援藏工作的贡献。

陈正祥在曲松调研

陈正祥与湖北省援藏教师代表座谈

从 2016 年 7 月 11 日进藏那天开始，湖北第八批援藏工作队就开始长线思维谋划援藏工作，提出变“输血式”为“造血式”、变“大水漫灌式、粗放式”为“滴灌式、精准式”的“精准援藏”工作思路。面对西藏“十三五”规划提出的如期实现与全国一道全面建成小康社会的奋斗目标，湖北第八批援藏工作队提出了“精准援藏助力精准脱贫”的工作理念，认真执行《湖北省对口支援西藏山南发展“十三五”规划》，进一步提高援藏工作实效。

山南市委副书记、湖北第八批援藏工作队总领队陈正祥在接受记者采访时说：“湖北‘精准援藏’必须全面融入精准扶贫。”

根据这个工作思路，湖北省援藏工作队将产业援藏、项目援藏、组团援藏、就业援藏、建设援藏对接融入山南市扶贫攻坚，整合政策、资金、项目和各方力量，将援藏项目、资金向基层倾斜、向农牧民倾斜。

产业援藏精准，助力山南发展生产脱贫

湖北省第八批援藏工作队致力于扩大产业援藏规模，通过帮助山南培育新的产业基础，提升旧的产业层次，扩大整体产业规模，从而增强山南市扶贫能力，大规模扩大就业岗位需求，不断吸纳本地劳动力人口，增加群众的劳动报酬收入，稳定实现生产脱贫。

项目援藏精准，助力山南转移搬迁脱贫

根据《湖北省对口支援西藏山南发展“十三五”规划》，湖北省援藏工作队入藏以来，加快推进落实乃东、曲松两地的投资 1 亿元参与建设的乃东区人民医院、投资 1500 万元建设的乃东区完全小学等 5 大项目建设进度。

组团援藏精准，助力山南教育医疗脱贫

2016 年下半年，湖北选派了一批初中、小学年轻骨干教师，到乃东开展教育援藏，加强乃东中学和 7 所小学的师资力量，提升乃东中学学生考取内地西藏班的升学率，并在乃东区设立 50 万元教育奖励基金，对乃东区贫困家庭大学生给予奖学金支持，同时还通过一系列措施帮助贫困家庭大学毕业生实现就业。在组团式医疗援藏方面，湖北省组织了高水平医疗专业团队，来到山南帮助卫生保健院、疾控中心加强专业力量，提高全市人民的就医质量，防止部分群众因病致贫，因病返贫。

就业援藏精准，助力山南素质提升脱贫

湖北援藏工作队从 8 月起优先安排 1000 万元资金，专项用于乃东、曲松两地的素质提升工程，开展各类实用人才培训 4000 人次以上，重点培训驾驶技术、建筑建材技能、民族手工艺制作等 6 类技能，增

强就业能力，充分挖掘各类企业的用工需求，通过就业完成脱贫。

建设援藏精准，助力山南全民持续脱贫

从2016年开始，湖北襄阳、宜昌、黄石相继推进县对县、乡对乡、村对村的结对帮扶援藏，引导更多社会单位为援藏提供相应的资金帮扶、生态补偿。同时，湖北援藏工作队还严格落实中央第六次西藏工作座谈会要求，将地方财政的1%用于援藏工作，武汉、襄阳、宜昌、黄石四个市还按照同等比例划拨援藏资金，确保将80%的资金用于基层脱贫项目，用于基层和贫困农牧民。

陈正祥说："湖北援藏工作在前七批工作队的努力下才有了今天的成果。第八批援藏工作队开展'精准援藏'，助力山南'精准脱贫'，也将为湖北省和山南市交上一份满意的答卷。"

岗堆村盛开民族团结之花

“相亲相爱，犹如茶与盐巴”，这句藏族名谚，已成为西藏各族群众水乳交融的真实写照。在西藏这样一个多民族聚居地区，藏族、汉族、回族、门巴族和珞巴族等各民族和睦相处，有力地促进了社会稳定和经济发展。

西藏山南贡嘎县岗堆镇岗堆村地处101省道以南3公里，全村共有296户1349人，其中藏族汉族通婚家庭21户。2016年12月25日上午，记者随“冬行西藏”全国网络媒体行山南采访组来到岗堆村，走访了民族团结家庭，实地了解了他们的幸福生活。

孙思库（右）与妻子卓玛以及8岁的女儿

孙思库，汉族，山东人，2003 年来到拉萨包工程，认识了当时在布达拉宫工作的卓玛。经过了半年多的追求，两人于 2004 年结婚，目前有一个儿子和一个女儿，儿子上七年级，女儿上四年级，都享受西藏的“三包政策”。

双方家人对于两人的婚姻都非常支持，孙思库还是村里第一个汉族女婿，卓玛的家人特别高兴，用孙思库的话就是“很吃香”。刚结婚的时候，由于语言差异，无法与乡亲们很好地交流，孙思库也曾感到很别扭、难适应。随着时间的推移，尤其是有了孩子以后，他已经逐步融入到村里的生活。他说，“只要生活得幸福，没有什么解决不了的问题。”

孙思库家的客厅

孙思库家的房子

孙思库老家还有一位老母亲，他经常带着老婆孩子回山东。虽然气候方面还有些不太适应，但妻子卓玛对丈夫老家的印象总体特别好。现在孙思库的母亲跟着哥哥姐姐住在北京，他们每周至少给母亲打三次电话。随着近几年网络的普及，有时候孩子放学回来，也会跟奶奶视频聊天。

据孙思库介绍，他平时主要在工地上包工程，老婆在家打理家务、照顾小孩。工地停工的时候，孙思库就回家从事磨面房的工作，由于质量好、价格公道，村里的群众都愿意来他们家买东西。此外，他们还开了一家卓玛淋浴，为村里的群众提供便利。

孙思库告诉记者，他和妻子两人生活了十几年，平时也不免拌嘴吵架，但不久就会和好。得益于西藏的各种惠民政策，尤其是孩子的教育全包，让一家人很省心。孙思库觉得，他们家在村里的生活水平属于中等偏上，现在在西藏生活压力不大，幸福指数很高。

近年来，在国家各项惠农惠民政策下，岗堆村各项基础设施不断改善，物质文化生活蒸蒸日上，全村上下形成了民族团结繁荣的新景象，民族团结之花在雪域高原盛开。

孙思库与卓玛开的卓玛淋浴

孙思库家的后院里平时会种一些土豆

【中国西藏新闻网】

梁琴　刘金鹏　程利娜

“冬行西藏”全国网络媒体行采访团赴山南采访

“冬行西藏”全国网络媒体行活动已于2016年12月19日在拉萨正式启动，并于当日下午赶赴山南进行实地采访。

两个多小时的路途虽说不远，但还是有记者身体有些不适。尽管如此，也丝毫不能够削减他们对西藏圣土的热爱和对新闻工作饱满的热情，他们在车里面认真查看相关采访材料，所有人都期待了解藏民族的摇篮、藏文化的发祥地——山南。

据悉，山南市近年来在民生改善、脱贫攻坚等各方面均取得了突出的成绩。在日前发布的《2016年中国地方政府效率研究报告》中，山南市在全国292个地级城市政府效率排行榜中脱颖而出，位居第三名，位于西部地级城市第一名。这是在2016年度政府效率报告中西藏唯一一个榜上有名的城市，也是山南市成立不久获得的一次荣誉。

在美丽的雅鲁藏布江河畔，媒体记者也为美景所动，纷纷拍照留念。

2016年12月19日下午，山南市委常委、宣传部长燕红带队迎接采访团一行，并献上哈达表达欢迎。

来到拉萨市林周县感受精准扶贫易地搬迁好政策

2016年12月20日，“冬行西藏”拉萨组媒体团前往林周县进行采访活动。

媒体团采访林周县候鸟栖息点

采访团受到林周县卡孜乡百姓热烈欢迎

媒体团来到林周县江夏乡扶贫攻坚搬迁点采访

林周县江夏乡扶贫攻坚搬迁点内一户农牧民刚搬完新家，邀请亲朋好友前来庆祝。

“冬行西藏”全国网络媒体行记者采访山南脱贫攻坚工作情况

2016年12月20日上午，“冬行西藏”全国网络媒体行采访团前往山南市脱贫攻坚指挥部就脱贫攻坚工作开展情况进行采访。

媒体记者首先对指挥部办公点进行了参观，门口多个文件柜内外都整齐的放满了归档文件，办公点的四面墙上也都挂满了脱贫工作展示图……记者们在脱贫攻坚指挥部工作人员的耐心介绍下也对山南市脱贫工作有了大体了解。随后，山南市与“冬行西藏”全国网络媒体行采访团举行了座谈会，记者们不仅更加详细了解到了脱贫工作各方面的开展情况，而且就不同问题与相关部门负责人展开了思想交流。

山南市脱贫攻坚指挥部工作人员向记者介绍脱贫工作开展情况

据悉，2016 年山南市委、市政府在自治区党委、政府的坚强领导下，结合实际贫困状况和致贫原因，始终聚焦目标导向和问题导向，牢牢把握脱贫攻坚主攻方向，坚持多措并举、创新施策，通过“八个强化”实现“八个确保”，圆满完成了各项工作任务。

山南市与“冬行西藏”全国网络媒体行采访团举行了座谈会

媒体记者和脱贫攻坚指挥部各部门负责人探讨交流相关情况

尼木县：藏文鼻祖之乡，水磨藏香之源

2016年12月23日清晨，迎着冬日暖阳，经过两个多小时的车程，“冬行西藏”全国网络媒体行拉萨采访组来到了位于西藏中南部、雅鲁藏布江中游北岸的尼木县。尼木县素有“藏文鼻祖之乡，水磨藏香之源”的美誉，号称拉萨民族手工业的作坊，有着1300多年的历史。

西藏德青源农业科技有限公司总经理张梅坤向媒体团介绍藏鸡养殖情况

藏鸡产业带动群众脱贫致富

网络媒体采访组首先来到尼木县藏鸡养殖基地。据了解，近年来尼木县致力打造“尼木县乌米净土健康产业园区”，开发尼木县德青源藏鸡保护育种扩繁与研发推广项目。项目将发展50万只纯种藏鸡规模化养殖，总用地面积约443亩，总投资1.22亿元。目前，尼木县集中养殖藏鸡达1.6万余只，群众散养藏鸡1.8万余只，建设标准化鸡舍5990平方米。同时尼木县正在申报“尼木藏鸡”和“尼木藏鸡蛋”国家地理标识保护产品，已经通过国家工商总局初审，预计2017年6月完成申报。

“藏鸡富含深海鱼油类物质，具有丰富的营养价值，做大做强藏鸡产业，充分发挥尼木县藏鸡产业优势，可带动物流业、有机农业、运输业等相关产业发展。该项目全部投产后年产值6亿元，藏鸡蛋4.5亿元，藏鸡1.5亿元，相当于尼木县2014年GDP的1.5倍，带动群众增收致富，为精准扶贫、精准脱贫提供强有力的政策支撑和市场支撑。”西藏德青源农业科技有限公司总经理张梅坤介绍。

藏鸡

千年藏香 沁人心脾

提起尼木县，我们便会想到尼木藏香。藏香、藏纸、雕刻等传统手工艺享誉区内外，被称为“尼木三绝”。采访组走进尼木吞巴藏香净土产业有限公司，一种神奇的，带有草香和酥油香的味道扑鼻而来，充斥着每一个角落，这就是尼木藏香所散发出的香味。尼木吞巴藏香具有一千多年的历史，由30多种藏药配制而成，它不但可用于佛事活动，也可用于杀灭细菌、驱除污浊之气、预防感冒等。其制作工艺被列入中国第二批国家级非物质文化遗产项目，被誉为第一圣香。

据悉，2012年尼木县通过对外招商引资，以保护、传承、发展传统民族文化为立足点，打造集游、吃、住为一体的吞巴旅游景区，让500多户农牧民吃上了“旅游饭”。目前，吞巴乡有藏香制作户220户，制作从业人员285人，2016年实现藏香产业收入1086万元，同比增16.3%。尼木县下一步将探索“藏香公司党支部”+“藏香研发中心”+“农民专业合作社”+“精准扶贫精准脱贫”模式，扩大就业面，带动群众增收。

藏香制作人员正在制作藏香

媒体记者购买藏香

藏文、藏香发源地拥有中国第一个藏文字博物馆

尼木县吞巴村是藏文、藏香发明者吞弥·桑布扎的故乡，据资料记载，在吐蕃时期，赞普松赞干布派出16名青年才俊到天竺学习佛法，在天竺学习过程中，有15人先后客死他乡，唯有吞弥·桑布扎学成归来，回到家乡后，吞弥·桑布扎根据梵文字母为基础，结合藏语特点，发明了藏文。随后又把天竺学到的熏香技术通过自己的演变，根据西藏的地域特点，发明了藏香。2012年，国家工商总局向尼木县颁发藏香源产地地理标识。

吞巴乡人大主席米玛为采访组讲解壁画

“冬行西藏”全国网络媒体行活动圆满结束

“冬行西藏”全国网络媒体行活动于2016年12月25日正式结束，各家网络媒体记者于当日陆续离开拉萨。

随着圣诞节的到来“冬行西藏”全国网络媒体行活动也已结束，西藏自治区党委网信办对参加此次活动的媒体记者再次表示感谢，希望他们能将这段时间所看到西藏发生的巨大变化传达给更多的人，让更多的人了解西藏、认识西藏、爱上西藏。同时，他们还希望各媒体记者能够在今后的工作中更加支持西藏新闻宣传工作，欢迎媒体记者再次来到西藏。

“一周的采访活动使我感到震撼，我深切感受到了西藏和平解放后发生的翻天覆地的变化。基础设施建设稳步推进，民生得到显著改善，生态环境保护良好，经济社会繁荣昌盛，各名族和睦团结一家亲……社会各界呈现出一片祥和景象。”凤凰网记者王韬说到。各媒体记者纷纷表示，在今后工作中将更加关注西藏发展建设，努力宣传好西藏，讲好西藏故事，传播正能量，为西藏建设贡献自身一份力量。

据了解，在为期一周的“冬行西藏”全国网络媒体行活动中，采访团赴拉萨和山南两市基层采访共撰稿110余篇，并在各地网站受到大量点击、转载，反响很好，充分地将社会主义新西藏展示在了世人面前，使得人们对西藏有了一个全新的认识。

【快搜西藏】

曹磊

全国网络媒体行拉萨采访团要到哪些地方去？看这里

2016年12月19日，由中央网信办网络新闻信息传播局和信息化发展局全程指导，西藏自治区党委网信办承办的“冬行西藏”全国网络媒体行活动启动。

中央网信办网络新闻信息传播局副局长唐宋为此次活动总领队，人民网、中国网、央视网等来自全国22家网络媒体资深编辑与记者将从精准扶贫、易地搬迁等民生工程抒写西藏的新变化。

活动时间安排：2016年12月19日至25日

“冬行西藏”采访团将分为拉萨和山南两个采访组

日程安排：拉萨组

第一站：达孜县

12月19日15：30至18：00采访团前往达孜县采访精准扶贫易地搬迁。

第二站：林周县

12月20日上午11点至下午1点采访卡孜乡扶贫攻坚搬迁点、

水库情况，下午 3 点至 5 点采访江夏乡扶贫攻坚搬迁点情况。

第三站：当雄县

12 月 21 日上午 11 点至下午 1 点前往羊八井合作社；采访羊八井温泉在推动当地精准扶贫中的作用、做法、计划和预期效果；前往羊八井镇那多村 7 组集中搬迁安置点。

第四站：墨竹工卡县

12 月 22 日上午 10 点 30 分前往达嘎则新区 100 户易地搬迁点；墨竹工卡县异地 1000 户搬迁暨小康安居点；墨竹印象合作社。

第五站：尼木县

12 月 23 日前往尼木县尼木乡乌米农业开发区养殖基地；采访藏香合作社、藏文博物馆。

第六站：堆龙德庆区、曲水县

12 月 24 日前往堆龙德庆区乃琼镇波玛村；波玛村易地搬迁安置点；曲水县才纳乡净土健康产业园区；才纳乡扶贫搬迁点四季吉祥村。

日程安排：山南组

山南采访组将到山南市、洛扎县、贡嘎县、错那县、桑日县等进行采访。

12 月 19 日下午 3 时 30 分，“冬行西藏”采访团抵达达孜县白纳村雪域手工艺园农民合作社，该合作社负责人念扎向采访团一行详细介绍了合作社的运营、扶贫、解决困难群众就业等情况。

“合作社是政府出资 200 万元，我们自筹 72 万元建成的。一年的纯收入大概在 70 万元至 80 万元之间。”念扎向采访团介绍说，截至目前，该合作社已解决 7 户贫困家庭的待业青年就业问题。不仅如此，该合作社 5 年之内都会实行分红制度，白纳村 60 户每年可分红 2000 元。

拉巴是该合作社的一名手工艺品制作工人，从事这项工作已有20个年头。“这门手艺我是跟这里以前的负责人学的，有了手艺不愁吃穿，而且效益还不错。”拉巴向采访团说，以他的手艺每个月至少有6000元工资，比城里的一些白领工资还高。

当日下午4时15分，采访团一行来到达孜县五保集中供养服务中心，刚走进大院里就看到几位五保老人一边锻炼身体一边谈笑。还有些老人聚在一起晒太阳、聊天。大家其乐融融，过得非常开心。

五保服务中心负责人介绍，该中心有100位老人，2011年中心还为10对老人举行了盛大的婚礼。“为了保障五保老人的身体健康，我们在配菜、做菜方面都很仔细。而且保证每天中午四菜一汤，晚上会配备些清淡食物，比如面食类。”五保中心负责人说。

采访团一行了解到，五保集中供养服务中心还解决了18位待业青年就业问题，4名膳食助理、4名保安、10名保洁。

随后，采访团一行来到了达孜县雪乡扎西岗扶贫开放传统手工艺合作社和易地搬迁安置点。扎西岗扶贫开放传统手工艺合作社介绍，该合作社以“能人+贫困户”的模式，带动60户贫困户脱贫致富，解决了贫困户待业青年7人就业问题，每人每月工资在2000元至3000元不等。截至目前，该合作社已连续两年给60户贫困群众分红24万元不等，每户每年分红4000元。

达孜县政府相关负责人介绍，达孜县易地搬迁安置点一期项目已完工，100户527人已全部入住。老百姓不需要出钱，直接拎包入住。包括家具、家电等都是按照每户12000元配置好了的。“为了解决困难家庭就业问题，70多家企业设立了900多个基础岗位，让老百姓按照个人所好选择合适岗位。”达孜县政府相关负责人说。

探访水磨藏香之源：尼木县

2016年11月23日，“冬行西藏”全国网络媒体行拉萨采访组来到第五站采访点——尼木县。该县是著名的“藏文鼻祖之乡，水磨藏香之源”，号称拉萨民族手工业的作坊……

尼木县德青源藏鸡保护育种扩繁与研发推广项目是推进净土健康产业发展，助推精准扶贫的重要举措，该项目是集藏鸡保护、育种、扩繁、商品代养殖、饲料加工等于一体的藏鸡产业基地，项目将发展50万只纯种藏鸡的规模化养殖。

该项目总用地面积约为443亩，总建筑面积约为26174平方米，总投资1.22亿元，建设内容包括藏鸡保种育种区、藏鸡父母代区、后勤配套、园区基础建设等。

目前，尼木县集中养殖藏鸡达1.6万余只，群众散养藏鸡1.8万余只，建设标准化鸡舍5990平方米。同时尼木县正在申报“尼木藏鸡”和“尼木藏鸡蛋”国家地理标识保护产品，已经通过国家工商总局初审，预计2017年6月完成申报。

尼木县藏鸡养殖产业

吞弥文化及尼木藏香

尼木县吞巴乡吞达村位于拉萨以西120公里处，全村120户人家，全村制作藏香的历史已经有一千多年，吞达村以其厚重的文化和秀丽的景色，先后荣获中国最美村镇提名奖、中国历史文化名村、“中国民间文化艺术之乡”等奖项，拥有全国第一个藏文字博物馆，素有“水磨藏香之源，藏文鼻祖之乡”的美誉，被称为西藏民族手工业的后作坊。吞达村不仅是最大的手工藏香生产地，同时也是藏文、藏香发明者吞弥·桑布扎的故乡。

藏香

新成立的公司

藏香的制作

尼木吞巴藏香不仅广泛应用于佛事活动，而且还具有灭杀细菌、驱除污浊之气、增强睡眠等独特的医疗功效，被誉为“西藏第一圣香”；其配方秘而不宣，有30多种藏药配制而成，凝聚了吞巴人的智慧和藏文化的精髓。

尼木县吞巴藏香走出了传统与现代相结合的发展路子：2000年县政府投资兴建了尼木县藏香厂，采取“公司加农户”的运作模式；

2009年尼木县藏香厂在吞巴乡附近的318国道边修建了新厂房，设立了展览馆和展销点；

2012年尼木县通过对外招商引资，以保护、传承、发展传统民族文化为立足点，打造集游、吃、住为一体的吞巴旅游景区，让500多户农牧民吃上了旅游饭。

目前，吞巴乡有藏香制作户220户，从业人员285人，2016年实现藏香产业收入1086万元，下一步将带动更多就业岗位，做好宣传工作，将古老的藏香文化进一步传承，群众生活水平进一步提高。

【网络传播】

冬天不能去西藏？误会大了！看网媒记者冬行西藏新发现

120多万平方公里的广袤土地，4000米以上的平均海拔……西藏是多少人心目中的世界屋脊、圣洁土地。但如果要推荐冬日西藏旅行，其实很多人是拒绝的。因为太冷了！

事实果真如此吗？上周，就有这么一群人要去“挑战不可能”，而且此去并非旅行游玩，而是要完成“特别的任务”。究竟此去西藏有何目的？又有哪些新发现？传播君这就为你揭开谜底。

1. 网媒西藏行，冬行西藏请放心

2016年12月19日，由中央网信办网络新闻信息传播局指导，西藏自治区党委网信办主办的“冬行西藏”全国网络媒体行启动。人民网、新华网等22家中央和商业网络媒体记者编辑深入拉萨、山南两市进行实地采访报道。

西藏自治区党委常委、自治区副主席、区党委宣传部部长、区互联网党工委副书记边巴扎西表示，中央网信办始终高度重视西藏工作，十分关心西藏网信事业发展，此次举办“冬行西藏”活动是贯彻落实习近平总书记关于新闻舆论工作重要讲话精神的具体举措，对正面宣传西藏具有重要现实意义。

“冬行西藏”全国网络媒体行活动座谈会

中央网信办网络新闻信息传播局副局长唐宋表示，此次“冬行西藏”全国网络媒体行活动将紧紧围绕习近平总书记的重要讲话精神，大力宣扬“老西藏精神”和“两路精神”，宣传好、报道好西藏各族干部群众在区党委、政府的坚强领导下，大力推进经济发展、社会稳定、民生改善和生态文明建设的生动实践，展示好大美西藏的新风采、新风貌。

2. 多彩新西藏，真实发展大变样

一周时间，24 位编辑记者深入拉萨、山南两市的 10 县 20 个乡（镇）、20 个村（居）、5 座寺庙和 32 户农牧民家中，围绕脱贫攻坚、生态文明、民族团结、宗教和谐、民生改善等 15 个采访主题，进行深入报道。通过大量的数据和故事完整真实的展现了西藏的发展变化，传播君迫不及待地向你介绍记者眼中的别样色彩。

红色西藏 中国网王东海报道称："藏族群众纯朴的脸上总是露出幸福的笑容、每家每户的门楼顶上都悬挂着国旗、家里悬挂着五代领导人的照片。"而精准扶贫等民生工程的推进，更让西藏人民感受到真切的温暖。《达孜：开启"能人＋贫困户"脱贫致富新模式》《教育精准脱贫：为山南的孩子插上梦想的翅膀》等文章相继出炉。

蓝色西藏 "青藏高原是世界第三极，如果西藏也被污染的话，世界将无净土"，习近平总书记对西藏独特的生态环保状况提出了精准的评价和要求。"冰天雪地也是金山银山"，西藏将生态保护当成重要任务。《VR 作品：走，去错那湿地公园看野生鸟》《林周县：天然形成的地方黑颈鹤的天堂》带你见证蓝天白云、雪山蓝湖、飞禽走兽背后的努力。

绿色西藏 西藏的蓝天白云引人神往，但土地沙化、风沙肆虐等问题也困扰着沿河的百姓。《看雅江，从"造林禁区"到"绿色长廊"》《绿水青山就是金山银山》为你呈现西藏近年来在涵养水源、防风固沙、绿色能源方面的成就。

布达拉宫

3. 网媒齐报道，角度多样技术高

“央视网发稿10余篇，转载稿件百余篇。记者使用VR全景相机，全程记录了整个行程，剪辑了四段全景新闻。”央视网记者何川对此行的“收成”甚是满意，他介绍，这是中央媒体首次在西藏这片神秘而美丽的土地上进行大范围VR全景新闻应用，全景新闻冲击力强，得到了中央网信办及西藏宣传部门的鼓励和支持。光明网通过全景照片、VR、短视频、动图等全媒体报道方式，采制了11篇原创新闻报道，《“冬行西藏”短视频系列报道：路好了，尼玛师傅快乐出行》《“冬行西藏”VR作品：金色阳光照亮赛卡古托寺》等新媒体作品引来大量传播。

图文、微视频、H5、VR……一路上，网络媒体编辑记者克服高原反应，活用各式报道工具，发力，“两微一端”，进行全媒体报道，力争将一个真实的、发展的、幸福的社会主义新西藏展现给国内外网民。

截至2016年12月26日18时，媒体共刊播各类原创稿件112篇，全网转发相关新闻1900篇，点击量已超过8000余万次。原创微博54条，其中新浪微博阅读量超过220万人次。而快搜西藏专题两天内受众已覆盖美国、日本、菲律宾等9个国家和地区。

记者编辑体会

一次视觉和心灵的洗礼

国际在线：易成晨

面积120多万平方公里，平均海拔4000米以上，世界屋脊，圣洁土地……来到西藏之前，这些便是我对它的全部印象。但事实证明，西藏的丰富多彩和美丽旖旎远不是这样几句话和几个词所能概括的。2016年12月份有幸参加了为期一周的“冬行西藏”采访活动，给我留下了深刻的印象，更让我了解到了一个在党和政府格外关爱下的别样西藏。

“人民对生活的美好向往就是我们的奋斗目标”，习近平总书记这句话在西藏得到充分体现。12月19日，边巴扎西常委在活动启动仪式的座谈会上对西藏的介绍让人感到震撼——公路里程从0到8万公里、发电装机容量从0到260万千瓦、适龄儿童入学率从几乎为0到100%、人均寿命从35岁到68岁……和平解放至今，西藏在方方面面发生的巨大改变可谓天翻地覆。发达的现代化基础设施建设让西藏人民的生活更加便利，全面的民生政策则让西藏人民生活更加幸福。

如果说基础设施建设是反映一个地方发展水平的最直观体现，那么行走在拉萨市和下属区县时，首先感受到的便是路况极好的、畅通的公路网，这和想象中道路阻塞崎岖难行完全相反。公路有了保障，经济也更有活力，即便是在区县的乡间公路，一样车流不息，而在拉萨市区，到了高峰期更是会堵上一小会。内陆城市堵车令人心情不悦，同样情景发生在西藏，却让人感受到经济发展的欣慰。一个有意思的现象是，越野车在西藏比例较多，想必除了高海拔地区的动力需求，也离不开西藏人民富足口袋的支持。

另一个直观体现则是电力铁塔。要让分布在120多万平方公里土地上的300多万人口摆脱油灯照明的落后生活，能发电、能送电、能家家有电是西藏最迫切需要解决的问题之一。电力铁塔就是承载这一重任的关键环节。在西藏，你随处都能看到矗立在群山上，反射着银色光芒的电力铁塔，它们将光明和现代生活送入西藏的千家万户。

但不管是修建公路还是电力铁塔，机场或者高楼大厦，在西藏进行基础设施建设的艰难程度是其他地方所无法想象，也无法比拟的。缺氧的高原气候、恶劣的自然条件给西藏基础设施的修建工程带来了极大的困难，在这里，平均每推进一公里公路就要牺牲一个人。而在陡峭的、几乎没有植被的、易滑坡的高山上建设铁塔，其难度更令人心生敬畏。如果说西藏的公路是一幅书写西藏发展的长长卷轴，那么西藏的电力铁塔就犹如西藏发展的座座丰碑。

居有其屋、幼有其教、老有所养，古人对于美好社会的总结在这里得以充分实践。民生是西藏党委政府最为强调和落实的头等大事，也是西藏领导干部们最津津乐道和自豪的事。在达孜、林周、曲水等多县的精准扶贫易地搬迁安置点，贫困户搬入100多平米的新房子，个个脸上笑开了花，“住上新房子、用上新家具、盖上新被子”，这里是真正的“拎包入住”。从狭小的土坯房到宽阔的藏式小院，党和政府没有忘记任何一位西藏困难群众。

再穷不能穷教育，西藏的十八年免费教育绝冠全国，让人不得不服。而养老上，西藏已经实现县级以上集中供养全区覆盖，只要老人愿意，就能晚年无忧。在达孜县养老院，老人们的反馈证明此言不虚。

家家户户挂国家领导人画像、插国旗，在西藏，这一现象尤其令人印象深刻。对于西藏人民，幸福生活来之不易，来自于党和政府，因此，此情此景才更显得自然和令人感动。谈及西藏的民生问题，无论是上级领导还是下级干部，无一不表现出高度的自豪和自信。

良好的民生政策造就稳定的社会局面，稳定的社会局面带动经济的快速发展。西藏已经远不是人们想象的一穷二白的落后西藏，而是正走在脱贫致富道路上的和谐的社会主义新西藏。

“青藏高原是世界第三极，如果西藏也被污染的话，世界将无净土”，习近平总书记对西藏独特的生态环保状况提出了精准的评价和要求。“冰天雪地也是金山银山”，西藏自治区党委书记吴英杰的表述同样表明西藏将生态环保视为要务。蓝天白云、雪山蓝湖、飞禽走兽，西藏是不少人心中的圣地，而如此美丽的“第三极”离不开西藏政府严格的生态保护政策。

“冬行西藏”，不仅是一次视觉上的洗礼，更是一次心灵上的洗礼。风光优美、人民幸福，西藏给人展示出全新的风貌，未来必将在党和政府的带领下走向新的辉煌。

疾驰的火车也是青藏高原上一道靓丽的风景

与山南有一场“美丽与富饶”的相遇

新华网：殷小燕

全国网络媒体“冬行西藏”，我们一行去了山南。山南是西藏最古老的一片土地，这里拥有西藏历史上诸多个“第一”，第一座寺庙，第一块农田，第一座宫殿……作为著名的雅鲁藏布江流经之地，山南是富足的，且历来都被称为整个藏民族的发祥地。另一方面，山南也是最年轻的一个地级市，2016 年 5 月，西藏山南市才正式挂牌成立。

山南之行，可谓是路途遥远，所行之里程，有数千公里。旅途劳顿，好在一路上山南之美并未辜负所有人的眼睛。

西藏的美，最美的是水，羊卓雍措之空灵静寂，普姆雍措之温柔深邃，雅鲁藏布江之壮阔，在我们的车窗外掠过，闭上眼，西藏之水独有的蓝将心灵包裹。这一路，我们一直在追求的洗净铅华，大抵如此吧！

雪域高原，历来最被称道的还有“奇”。西藏之奇，在山南可见一斑。

去洛扎县的路上，就听司机师傅说，洛扎县有趣，趣在一个“奇”字上。司机师傅告诉我们，洛扎在藏语里意为“南方大悬崖”。后来才得知，这地方真不愧这“悬崖”二字。车子过了浪卡子县就一路攀升，行至海拔 5000 多米后，戛然而止，转而看到路牌上提示“持续下坡”，海拔一路降到 3000 多米。到了洛扎县所在地，我们已经进入了峡谷地带。天色尚早，然而阳光早已跳出了峡谷，停留谷外的峰顶上，露出明晃晃的亮光。

在洛扎采访的路上，我全程都在瞪大眼睛看。前一天以为已经到了谷底，然而，第二天去村里，一路依然是下坡，且越往前走，峡谷越深，谷中越窄。道路两侧怪石嶙峋，眼前所见无不惊奇。

离开洛扎的数日里，我都在回味谷中穿行的感觉。仿佛生活本该如此，充满惊奇，每一个峰回路转的下一段，都是从未见过的美好。

洛扎之奇在地上，而错那之奇在云间。

对错那的向往，由来已久。起初是因为仓央嘉措，后来则因为勒布沟。在耳边脑海的印象里，错那就是一个充满诗情画意的地方。

终于，我们到了错那，要去勒布沟了。离开错那县县城所在地，车子沿着高海拔的山路一路向前。久居高原，碧空万里见过不少，偶然遇到浓云，也是大雨将至之时。但是就在去勒布沟的路上，我遇到了未曾见识过的美景。

那时，我们的去路，突然被一团洁白的云所笼罩。很快，打头的车进入云团内就消失不见了。原来，就是在这里，海拔从4000多米骤然降到2000多米，地势的陡落，让这里形成一个云雾带。穿云而入的那一瞬间，仿佛置身九霄之上，来到仙境之中。

勒布沟的美景自然也是不负众望的，密布的原始森林，充足的氧气和湿气，加上门巴人独特的风土人情，都给大家留下了深刻的印象。然而，我最怀念的还是穿入云间的那一刹那。

山南之行，采风之初衷就是了解山南的社会、民生。

从山南回来的那段时间，我几乎天天在念叨“老百姓的生活”——宽大的院子、明亮的房间、满满的阳光……近年来，在各级各部门的努力下，老百姓的生活真的好起来了。

不管是教育、医疗还是住房，西藏目前都拥有全国最好的惠民政策。教育“三包”——包吃、包住、包学费；医疗全面保障，县县都有疾控中心、乡乡建有卫生院、村村建有卫生室。

在山南，住房、上学、就业、看病、社保等百姓最关心、最希望解决的事，都得到了一一解决。老百姓最期盼的老有所依、病有所医、贫有所济、学有所教、住有所居的美好愿景也已经变为现实，切实做到了让百姓感到无后顾之忧。

山南之行，收获很大。我们看到一个大美山南，也见证了一个发展中的山南。

山上的风马旗

深入边境小镇 VR 全景报道精准扶贫

央视网：何　川

7天，“冬行西藏”全国网络媒体采访团山南组走访了西藏山南乃东县、洛扎县、贡嘎县、错那县，穿行于藏南喜马拉雅山系的高原、河谷之间，两次接近祖国藏南边境线，采访近百位普通藏族同胞，对习近平总书记“治国必治边，治边先稳藏”等系列讲话精神，精准扶贫在西藏边陲的落实情况有了深入了解。

央视网记者此次共发稿10余篇，转载其他网站稿件百余篇。其中，使用VR全景相机，全程记录了整个行程，剪辑成以下四段全景新闻：探秘洛扎——为何他们的幸福指数比邻国不丹还要高；杰德秀的女人不愁嫁，因为她们会织“彩虹”；门巴姑娘卓玛：我把幸福西藏跳给你看；从2400米到4800米，穿越藏南喜马拉雅山系。

VR全景新闻是中央媒体首次在西藏这片神秘而美丽的土地上进行大范围的应用，全景视角产生的新闻冲击力，得到了中央网信办、西藏地方宣传部门的鼓励和支持，一路上多亏专门车辆和工作人员的大力协助，这次采访才得以顺利进行。此行西藏，感慨很多。最重要的是，对于西藏人民2020年全面实现小康信心满满。

全媒体展现真实的发展的幸福的社会主义新西藏

光明网：王恩慧

2016年12月19日至25日，由中央网信办网络新闻信息传播局指导协调，西藏自治区党委网信办主办的“冬行西藏”全国网络媒体行活动在拉萨、山南两地举行。光明网高度重视对此次活动的报道，提出“创新表达方式”理念，通过全景照片、VR、短视频、动图等全媒体报道方式，采制11篇原创新闻报道，全部全网转发，并在光明微博、微信及光明日报客户端进行了全部推送，作品阅读量、转载量均居参与活动媒体的首位，全媒体展现了真实的、发展的、幸福的社会主义新西藏。

《“冬行西藏”短视频系列报道①路好了，尼玛师傅快乐出行》报道页面

深入基层　以小故事展现大变化

此次“冬行西藏”全国网络媒体行活动分为拉萨组和山南组，光明网记者被安排在自然条件更艰苦、采访任务更艰巨的山南组，由中央网信办网络新闻信息传播局副局长唐宋带队。

在山南采访期间，光明网记者深入到洛扎、贡嘎等4个县、6个镇、11个村庄、19户人家进行实地采访，宣传自治区党委团结带领西藏各族人民衷心拥护以习近平同志为核心的党中央的坚定决心和实际行动，宣传以习近平同志为核心的党中央“治边稳藏”重要战略思想在西藏的成功实践和取得的巨大成就，把真实的、发展的、幸福的社会主义新西藏展示给世人。光明网记者紧扣主题，主动设置议题，分别从教育、生态、交通、医疗等方面进行报道。根据亲身体验和真实感受进行报道。

为期一周的采访中，记者所到之处都充分体现了“精准扶贫”这一政策给山南带来的改变。采访第一天，采访团从拉萨赶往山南，车辆沿着拉贡高等级公路行驶，道路通畅。在和司机师傅的聊天过程中，司机师傅以自己的亲身体会向我们谈起了西藏交通近些年发生的变化。光明网记者觉得这是一个十分鲜活的例子，通过司机师傅生动的感受，展现西藏“精准扶贫”在交通方面带来的成效。于是，光明网记者在路上便开始了体验式采访。采访完司机个体外，光明网记者立刻联系交通方面的负责人进行了更详实的采访。

此次采访，光明网记者选择以直观的视频画面方式呈现。当天，通过前方记者随时采集、后方编辑即时加工、值班总编第一时间审核发布，完成了此次活动的第一篇报道《“冬行西藏”短视频系列报道①路好了，尼玛师傅快乐出行》，报道时效性强、传播价值大，被中央网信办协调全网转发。

中央网信办网络新闻信息传播局副局长唐宋称："光明网的这篇报道贴近生活，贴近实际，画面感强，用小故事展现大变化，其他媒体可借鉴。"

全媒体报道　尽显光明特色

此次"冬行西藏"全国网络媒体行活动邀请了中央重点新闻网站及重点商业网站共22家，如何在众多媒体中表现出光明网的特色和优势是这次活动的重要方面。光明网立足PC端，重点做好"两微一端"的垂直报道，使用全景照片、短视频、VR、动图等多种形式进行报道，是参与此次活动的全部媒体中唯一一家进行全媒体报道的媒体。

"冬行西藏"活动期间，光明网记者克服高寒缺氧、严重高反的困难，共采制《"冬行西藏"短视频系列报道③生态西藏：绿水青山就是金山银山》《"冬行西藏"VR作品：金色阳光照亮赛卡古托寺》《"冬行西藏"小小木碗看西藏工匠精神》等11篇原创报道。

光明网记者王恩慧在仓央嘉措故居采访

此次报道，光明网除了创新表达方式，运用多种形式报道外，在内容方面也体现出了鲜明的光明特色。首先，就是突出“真”字。光明网记者深入高原深处，用沾满泥土的双脚感受鲜活的改变，采写生动的故事。其次，突出“实”字。光明网记者秉持客观公正的态度，以真实的故事表现西藏“精准脱贫”的发展进步。第三，突出“深”字。光明网记者采访扎实深入，案例详实可信，小切口进入，大方向落笔，全方位展现。

精准传播　使报道的社会价值最大化

此次活动中，光明网记者利用有限的时间进行了必要的准备，确保采写的报道真正反映西藏人民在时代中的改变。了解国家对西藏的最新政策，确保采写的报道与中央政策步调一致。了解西藏的历史背景及风土人情，确保真正走进藏族老百姓的心坎里，写出他们的心里话。

光明网记者王恩慧在采访门巴族老人

光明网记者沿着“老西藏精神”的足迹，充分报道西藏各族干部群众在区党委、政府的坚强领导下，大力推进社会经济发展、社会稳定、民生改善和生态文明建设的生动实践，展示大美西藏的新风采、新风貌。光明网记者采写的每一篇报道，都充分考虑到了社会传播效果及网民的舆论反响，确保每一篇报道都准确传递出党和政府的声音，在社会上引起了良好的反响。《“冬行西藏”教育精准脱贫：为山南的孩子插上梦想的翅膀》《“冬行西藏”精准脱贫让其美卓嘎一家过上好日子》等报道准确表现了当地人们真实的生活面貌。《“冬行西藏”短视频系列报道④寻访仓央嘉措故居，世间最美的相遇》《“冬行西藏”VR作品：“圣湖”普姆雍措　时空在这一刻静止》等报道更是引起了很多网友对于大美西藏的热爱和向往。

针对此次活动的报道，光明网记者主要从以下方面进行舆论引导，力求报道的社会传播价值最大化。首先，权威发声。让当事人谈真实的感受，借助光明网重点新闻网站的平台进行传播。其次，精准发声。根据网民们关注的内容进行采访，让每一篇报道都能引起网民的“兴奋点”。第三，及时发声。充分利用光明网及“两微一端”的传播特点，即采即播，发挥新媒体的优势。第四，主动发声。光明网记者在活动中积极发挥主观能动性，在学习中成长，在成长中讲好故事。

西藏自治区党委网信办网络新闻信息传播处处长王慧评价光明网的报道称：“积极掌握舆论的主动权，每一篇报道都做到了精准传播，使新闻报道的社会传播价值最大化。通过光明网的报道，我们感受到了一个真实的、发展的、幸福的社会主义新西藏。”

感受沧桑巨变，记录全新西藏

中国经济网：李婧

边巴扎西常委在媒体座谈会上说，希望向世人展现“真实的、发展的幸福的社会主义新西藏”。在为期一周的“冬行西藏”采访活动中，我有了很多这方面的感悟。

这是一个“发展的西藏”。从机场出来，一路上看到很多处热火朝天的建设工地，无论是川藏线的穿山隧道还是柳梧新区的高楼大厦，西藏给我的第一印象是一派欣欣向荣。从拉萨到山南，再到走村入户的采访，驻村工作队、援藏进藏干部、当地致富带头人等等，在和他们的对话中，我了解到西藏是一个广阔的平台，它的发展大有可为。我在杰德秀镇采访的间隙，和山南市扶贫办主任次仁达娃聊天时，达娃主任说，西藏的发展太快了，他指着不远处一座座拔地而起的川藏铁路大桥墩继续说道，现在都是机器施工，快得很！在西藏，基础设施的建设正一步步完善，追赶着内地的发展速度。

这是一个“幸福的西藏”。布达拉宫广场上享受阳光的群众、大昭寺前虔诚跪拜的人们、驱车行驶在藏南途中遇到的牧民们、在吉西村碉楼下摇着转经筒的老阿妈、还有洛扎色乡农民合作社的工人们、边境小镇麻麻门巴民族乡的村民们……与人们印象中“贫穷、落后”的形象完全相反，今日的西藏是一个各民族团结和谐相处、共同致富的幸福新西藏。记得在洛扎县生格乡采访帮助村民致富的党员次仁特金时，他说，“我现在的好生活都是国家给的，没有国家的好政策，不可能有现在的我，我一定尽我所能，带领大家致富”。他自掏腰包帮助村中贫苦户建房、创建农民施工队解决乡亲们的就业问题。在采访中，像次仁特金一样的人不在少数，他们是幸福西藏的一份子，更是幸福西藏的领头羊和助推手。

这是一个“真实的西藏”。走访了两市四县，深入了解了西藏人民的生产和生活现状，报道反映真实的西藏是此次活动的目的。除了将扶贫攻坚和产业发展作为此次的报道重点外，对于藏族民族文化遗产传承、多民族共同发展等话题也有涉及。总之，希望将此次实地采访转化为有力的语言，向外界呈现一个全方位的、立体的真实新西藏。这次“冬行西藏”活动结束了，但是在今后的工作中我们还将继续对西藏进行相关报道。

拉萨河特大桥

期待下次我们西藏再见

中国网：王东海

2016年12月19日至25日，由中央网信办传播局指导，西藏自治区党委网信办主办的“冬行西藏”全国网络媒体行活动成功举办，作为中国网的一名记者，我被分在了拉萨组，有幸参加了这次活动。

还记得当时我们走出西藏嘎贡机场，就看见西藏自治区党委网信办的同志拿着早已准备好的哈达，在场外热情迎接我们，他们见到我们的第一句话就是，“你们辛苦了！慢慢走！”“慢慢走”这句话不时地在耳边响起，一直伴随着我们七天。

大美西藏，蓝天白云下，我们带着高原反应在田间地头、村头巷尾一起走过，采访了达孜、林周、当雄、墨竹工卡、尼木和曲水等六个县，一幅幅精彩画面记忆犹新，国旗依然在西藏飘扬、边巴扎西常委的殷切希望、达孜县敬老院热情的党员老奶奶、林周县黑颈鹤的天堂、尼木的藏鸡会飞、墨竹工卡县的藏戏令我着迷……

第一次来西藏，特别是冬天的西藏，干燥缺氧。其实，这并不可怕，说实在的，我没有准备好，才是我最大的胆怯。时间很仓促，根本没有时间做功课，周六下午我还在开会，突然接到总编室的通知，周日上午就得出发。“最稀缺的是氧气，最不缺的是精神”“老西藏精神”“两路精神”“精准扶贫”和“精准脱贫”等主题，偌大的一个西藏，报道从哪里下手？答案在达孜找到了，“能人＋贫困户”脱贫致富新模式让人耳目一新！我原先以为只有达孜县每家每户的屋顶国旗飘扬，后来发现林周县也是如此，挂国旗和领袖像是标配，都是藏族群众自愿的，于是，《国旗飘扬》组图、《藏戏：西藏文化的活化石》《藏鸡，会飞的“凤凰”》《羊八井镇精准脱贫25.5万元分红进行时》等十来篇“小切口，大主题”的报道被全网推送，就这样，我开始进入了写稿模式。

离开西藏时，听说要写一篇心得体会，当时我想，如果不限制字数，我只想写下：西藏很美，工作很苦，心里很甜，还想再次回到西藏。

最后，山南组的的兄弟姐妹们，你们好吗？下次我们西藏再见！

五彩风马旗

亲身感受西藏巨变

央广网：牛夏来

由22家中央和商业网络媒体的二十几名记者组成的“冬行西藏”全国网络媒体行采访团于2016年12月25日结束了对拉萨和山南的采访并陆续离开了拉萨。在为期一周的采访期间，采访团通过参观考察易地搬迁点、扶贫项目工程、走访民居、举行座谈等方式，亲身感受了西藏自精准脱贫、精准扶贫工作实施以来发生的巨大变化。在此次活动中，本人跟随“冬行西藏”全国网络媒体行拉萨采访组先后走访了达孜县、林周县、墨竹工卡县、尼木县和曲水县等地，在领略了这片净土的善与美的同时，也看到了人们的喜和乐。

拉萨我已经去过不止一次了,但以一名记者的身份去还是第一次，而且还是一名菜鸟。接到通知时我基本上蒙了，心里想的是，去了该怎么做，新闻稿怎么写，采访的注重点是什么，该怎么抓重点等等。犹记得自己在写第一篇新闻稿时抓不准切入点，抓不住事件的重点，文字不够紧凑，一连改了好几次。

不过不得不说关于西藏可以写的主题太多，就本次的重点扶贫攻坚与生态文明建设成果而言，我们就可以真切地看得到，听得到，感受得到：从破败的土坯房到奢华的二层小洋楼；从水电短缺到户户配备电视冰箱；从无业无收入到技能培训产业分红……快乐、幸福、和谐随处可见；净空、净水、净土持续改善。

今天的西藏魅力已经不单单是“天人一体”的人文景观，吸引我们的还有这里的发展进程、变迁步伐。第三极不再遥远，它正以不可想象的速度向我们走来，带着神圣与新潮。

感动与幸福同在

中国西藏网：陈卫国

2016年12月19日到25日，我有幸参与了“冬行西藏”全国网络媒体行的采访活动，七天的时间，行程2000余公里，赶赴山南洛扎、贡嘎、错那、桑日四县采访，走村入户，见证了老百姓的幸福生活，也感受到了山南的蓬勃发展势头。

从拉萨驱车赶往山南，一路上我们感受到了道路发展带来的便利，自从拉萨到贡嘎机场的高等级公路通车以来，从拉萨到山南变得十分便利，用同行的司机师傅的话说就是，这样的出行条件，让他们内心舒畅。

四年后，我再次来到山南泽当，高高的楼房、宽阔的街道、整洁的环境，让人眼前一亮。四年的时间，我深切感受到山南的巨大发展，各项基础设施不断完善，群众生活条件提高，幸福指数节节升。

在洛扎，精准扶贫政策给老百姓带来了巨大实惠，脱贫致富对于他们来说再也不是梦；感动于党员致富带头人不忘乡亲，带领大家同奔小康路。

在贡嘎，感动于幸福村里的幸福生活，74岁老阿妈的朴实话语，字字打动人心，没有党和政府的各种惠民政策，就没有他现在的美好生活；感动于民族团结的繁荣景象，民族团结之花在雪域高原盛放。

在错那，感动于县城在整体功能提升方面的成就，供暖工程、棚户区改造项目、河变湖湿地保护项目等，让这个高海拔县城焕发出新的活力。

在桑日，感动于易地扶贫搬迁项目为偏远山沟百姓生活带来的巨大改善，家家户户五星红旗飘扬，诉说着今日的幸福生活；感动于驻村干部一心为民的艰苦工作，想群众之所想，忧群众之所忧。

一路走来，感动于各级领导的认真指导，感动于网信办以及各县负责同志的精心协调，感动于工作人员的悉心照顾，感动于司机师傅的辛苦劳累，感动于受访群众的热心招待……让我们能够在西藏冬季艰苦的条件下，全身心投入工作，用一篇篇文章，来展现山南的蓬勃发展、百姓的幸福生活。

高原工作虽艰苦，但我们感觉很幸福。七天时间，感动与幸福同在，我们增长了见识，加深了对西藏尤其是山南的了解，在以后的工作中，我还会时刻关注西藏的发展变化，希望西藏能够取得更大的发展成就，西藏人民生活更加幸福。

雅砻河谷绿意盎然

感受西藏发展，报道真实西藏

环球网：王丹

2016年12月19日至25日，应中央网信办邀请，我作为环球网编辑参与了“冬行西藏”全国网络媒体行活动。来自全国22家中央媒体及商业网站汇聚于此，被分成了两组，一组为拉萨组，一组为山南组，我被分到了拉萨组。

这为期7天的西藏之行结束后，我内心感慨颇多。此行我第一次上高原来到西藏，庆幸自己身体并没有太大反应。初到拉萨，跟我想象中不太一样，它并不是个破败落后的小城，而是一个繁华干净的大都市。6天的采访去了达孜县、林周县、当雄县、墨竹工卡县、尼木县、曲水县等6个县，实地考察了5个易地搬迁安置点，进入了8家建档立卡贫困户的家中。通过搬迁前后鲜明的对比，真切感受到了当地政府对贫困户的支持与帮助以及拉萨市对于完成“脱贫攻坚”任务的决心。

我们此行还去了两座寺庙，了解到在惠寺惠僧的政策下，寺庙的基础设施大大超越以往，僧人不但吃、穿、水、电不缺，还住上了大房子，手机、电脑等科技产品也广泛普及，僧人得以安心修行，群众信教自由，极大巩固维护了西藏的稳定与和谐。

除此之外，还有一个最大感受是，当地民众的生态保护意识之强超出我想象，据介绍，他们从不去江河里钓鱼，也不会驱赶打杀路边野狗，遇到牛羊群过马路时，还会自觉主动让行等等举动，都是我们这些“内地人”应该学习借鉴的。

海拔的高度，扶贫的难度

澎湃新闻网：张家然

2015 年 10 月 16 日，习近平在 2015 减贫与发展高层论坛上发表了题为《携手消除贫困促进共同发展》的主旨演讲，“我到过中国绝大部分最贫困的地区，包括陕西、甘肃、宁夏、贵州、云南、广西、西藏、新疆等地。这两年，我又去了十几个贫困地区，到乡亲们家中，同他们聊天。他们的生活存在困难，我感到揪心。他们生活每好一点，我都感到高兴。”

这次我们“冬行西藏”采访团就来到了习近平总书记曾到过的西藏，并分别去了拉萨、山南两个市进行下基层集中采访，我有幸参加了山南组的采访活动。

根据山南市有关领导的介绍，2016 年，山南市牢牢把握脱贫攻坚主攻方向，紧紧围绕脱贫攻坚重点，实行“九个到户到人”，做到扶贫扶到人身上、脱贫落到人头上，切实提高了脱贫攻坚的针对性、有效性。

山南市并没有将这些内容仅仅落在汇报材料上，而是实打实地进行了贯彻执行。比如，2016 年起，山南市大学生资助工作实现了提标扩面，首先是实现了山南籍大学生、大学毕业连读硕士生、博士生全覆盖，其次资助标准也有了大幅提升。再比如，2016 年 5 月，山南市洛扎县筹资 160 多万，在县城建立了一个占地 200 多平方米的残疾人就业培训基地。目前，培训基地首批培养的 32 人已全部实现就业。

这样实现精准扶贫的例子举不胜举，而这背后的难度也是难以想象的，当地干部为此付出了无数心血。比如，45 岁的江苏援藏律师朱山，因突发急病导致多脏器衰竭；武汉市援藏工作队确定了1500万元计划内援藏资金，支持山南市乃东区完小建设；山南市委书记张永泽曾骑马加步行八个多小时，到达边境扶贫户家中看望老百姓。

而作为一名网络媒体从业人员，通过参加“冬行西藏”采访活动，我更加坚信在以后的工作中，也应该坚守“老西藏”精神，发扬老西藏人不怕吃苦、敢于奋斗的精神，在互联网发展大潮中勇做“弄潮儿”，利用好互联网这个新兴的信息传播阵地，倡导广大网民树立文明理念、争当文明公民、展示文明形象，发挥网络宣传阵地的堡垒作用，锲而不舍、一以贯之为做好社会主义精神文明建设事业努力奋斗。

雅拉香布雪山

雪域高原行，处处有收获

凤凰网：王滔

2016年12月19日至25日，我参加了由中央网信办网络新闻信息传播局指导协调，西藏自治区党委网信办主办的“冬行西藏”全国网络媒体行活动。

活动期间，作为采访团山南组的一员，我随队在山南市洛扎县、贡嘎县、错那县、桑日县等地参观采访，既实地了解了山南市的发展情况，也欣赏到了雪域高原冬日里的别样美景。

一、四县采访，感受到“精准扶贫”见实效

在洛扎县，采访组对各乡镇致富带头人、模范村、先进合作社展开了全面采访。色乡和生格两乡农牧民施工队致富不忘贫困人，洛扎县残疾人就业培训基地开辟弱势群体增收渠道，次麦社区致富新模式带领全村奔向小康。

在贡嘎，采访组走访了德吉新村几户村民，亲身感受到他们在社会主义新农村的幸福生活。

在错那，我们走访了麻麻乡门巴生态文明小康示范村，并与手工木碗工艺的传承人珠杰老人深入交流。

门巴生态文明小康示范村是山南市2014年实施的三个生态文明小康示范村之一，对当地的旅游发展、边防巩固、民生改善具有重要作用。

村民说，“我们的房子越来越好，我们的环境也越来越美，水电路设施都配齐了，屋内摆设的都是电器和新式家具，现在的农村不比

城里差，这一切都因为有党和政府的关怀。”

在桑日县，采访组在绒乡追塘坝易地扶贫搬迁点了解异地安置情况，在恰嘎曲德寺了解西藏僧人的生活情况。

据了解，西藏全区 4.6 万僧尼全部办了养老保险、医疗保险和最低生活保障，每年免费体检一次。

僧人平措说，“我的师父已经去世了，我现在是一名经师，只要老百姓有需求，我就去为他们念经，满足他们的信仰需求，我来去都是自由的。我的弟子通过学习也可以按照藏传佛教的体例一步一步通过考核，考取藏传佛教的最高学位。衣食住行，生老病死国家都管了，我们才能自由自在地一心修行，为老百姓祈福，这种自由是我师父的师父，旧西藏的僧人做梦也想不到的。”

总而言之，一周的采访活动使我深切感受到了西藏和平解放后发生的翻天覆地的变化。基础设施建设稳步推进，民生得到显著改善，生态环境保护良好，经济社会繁荣昌盛，各民族和睦团结一家亲……社会各界呈现出一片祥和景象。

二、两赴边境县，感谢网信办和山南市辛勤组织、保障后勤

四县采访期间，由于采访团多数团员首次进藏，或多或少都出现了不同程度的高反症状，加之洛扎、错那属于边境县，地处边远，道路险峻，采访途中，山南市以及相关县、乡各部门在路线、人员、后勤等方面为采访团提供了有力的保障和协调，中央网信办、西藏自治区党委网信办也为采访的顺利进行提供了各种便利。

作为采访团的一员，我对中央网信办、自治区网信办以及山南市相关部门、工作人员表达由衷的感谢。

三、收获满满，此行不虚

此次采访，不仅实地了解了西藏，尤其是山南市的社情、民情，也在参访途中一览雅鲁藏布江、羊卓雍措、普莫雍措、拿日雍措、库拉岗日雪山、赛卡古托寺、雍布拉康、仓央嘉措故居等著名的自然、历史文化景观。对“大美西藏”有了更直观的理解和感受。

同时，在采访过程中，我也了解到援藏干部们为了西藏的发展“献了青春献终身，献了终身献子孙”的精神，在种活一棵树都得想尽办法的高寒地区，干部、官兵、群众为了本地发展，“鞠躬尽瘁、死而后已”；同时也看到，多名记者同仁不惧危险，不受高反影响，辛勤工作……他们的这些精神力量，让我感动。

赛卡古托寺

深入山南乡村田间，报道西藏发展变化

搜狐网：钟庆辉

当接到冬行西藏活动通知的时候，我是非常激动的。第一次参加媒体行，第一次去西藏，第一次靠自己去采集一手资料……种种的第一次都集中在了本次活动上。

出发前我脑补了许多西藏的画面，荒凉的高原、稀薄的空气、徒步者的天堂等等。作为一名新闻工作者，我对西藏的了解还是处于比较浅薄的层次，更多的是从宏观的视角去了解西藏的一些信息，比如拉日铁路通车、尼泊尔地震波等。正好借此机会，我可以深入农牧民家去，去看看他们的现实生活是什么样的。

精准扶贫是此次活动的主题。在近一周的时间里，我跟随采访团走访了山南市的洛扎县、贡嘎县、错那县和桑日县等地。接触到了当地的官员、农牧民和媒体人员，在不同的人口中得到了大量的详实的资料。

还记得自己采访的第一个农户，是个稍有害羞的藏族大哥。他是精准扶贫的受益者，在当地一位施工队队长的帮扶下，家里的房子得到了修缮。我们去的时候，他已在屋里等候我们。房子还没有修完，工人们正在热火朝天地干活，我们就站在屋里聊起来。谈起了原先的居住条件，这位藏族大哥畅想了往后窗明几净的宽敞大屋子。看得出来，安居条件得到改善后，大哥的精气神也好了很多。据说藏历新年前大哥家的房子就可以修好了，幸福不就是这样吗？

之前看过关于西藏的许多宏观资料，不外乎就是经济快速发展、贫困率降低、人民生活水平提高等等。但是当自己切身去观察支撑起这些数字的每一个具体的人物时，内心还是被震撼到了。或许从横向的角度来看，我走访的几家农户生活条件确实不如东部地区，可是从纵向的历史的角度来比较，在自身的努力和相关政策的帮扶下，他们正在大步地走向富裕的道路上。

既要绿水青山，又要金山银山。西藏的脆弱的生态环境决定了当地必须走绿色发展之路。欣喜的是，在几天的采访中，所见之处生态保护得非常好，人与自然和谐相处。在高寒地区花费大力气去种活一棵树，努力保护好每一片湿地。在经济相对落后的地区，能下定决心去呵护家园的做法值得点赞！

采访中，我尤其对这几句话记忆深刻。一位基层干部说："西藏的优惠政策非常多，就像天上的星星和地上的牦牛，看也看不完，数也数不清。"

用自己的双脚去丈量，用自己的双眼去观察，用自己的双耳去倾听，用自己的双手去写作，我们得到的是不同于网络上看到的西藏的印象，一个真实的发展的幸福的社会主义新西藏。我们希望通过我们的文字，可以让更多的人看到西藏的变化。

感谢中央网信办和西藏自治区党委网信办的相关领导，是他们提供了珍贵的机会让我去认识真实的西藏；也感谢活动中的同仁们，是他们给了我诸多帮助，包括工作和生活方面。我始终相信，这次活动的成功举行是与我们每个人的努力分不开的。

对我来说，这也是一次学习的过程，让我收获了很多。我也希望可以借此契机，深入地认识西藏，更多地去宣传西藏。

信手拍张照，展现全新西藏——全国网媒记者相聚高原话西藏巨变

中国西藏新闻网：刘金鹏

冬日的西藏天空蔚蓝、阳光和煦，正是在这样美妙的季节里，“冬行西藏”全国网络媒体行活动在雪域高原上开展起来，并且迎来了人民网、新华网、凤凰网、今日头条、腾讯、澎湃新闻等22家新媒体的24位编辑记者的积极参与。对我而言最重要的是我也有幸跟随其中一饱祖国西南边陲的大好河山，感受60余年社会主义新西藏发生的翻天覆地的变化。同时，也有机会向各家媒体老师探讨学习新闻业务，提升了自身能力。在此，要感谢自治区党委网信办提供了这次采访机会。

为期一周的采访时间虽然短暂，但是采访团还是走过了拉萨和山南两个市，共计10个县20个乡（镇）、20个村（居）、5座寺庙和32户农牧民。

大家信手一按快门，就是一张绝美的照片。我们坐在越野车里一边欣赏着窗外的美景，一边聆听着历史沧桑，感受着西藏60余年来的喜人巨变，更体味着西藏越来越好的社会风貌。

西藏和平解放60多年来，面貌变化非常大，各项事业都取得了举世瞩目的辉煌成就，城乡焕然一新。从过去粗衣麻布，到现在华丽装束；从泥泞崎岖的山间土路，到宽阔平坦的柏油大道；从微弱昏暗的酥油灯，到阡陌纵横的电力网络，作为网络媒体人的我们亲身感受到西藏取得的巨大成就。

完善社会保障体系，增进人民福祉，高校毕业生、农牧民工等重点群体就业创业的优惠政策和就业援藏工作机制也进一步完善，城乡低保等多项惠民政策提标扩面，机关事业单位养老保险制度改革稳妥推进……这一切的一切都让我们深切感受到了西藏在全力开展民生工作中的责任与担当。

每到一个采访点我都不由感慨，采访所经之处社会安定、经济繁荣、宗教和谐、生态良好，一片繁盛景象。“太震撼了，这一路上不光看到了美景，更看到了西藏的新变化，真是不虚此行！”在采访过程中,来自全国各地的记者编辑全都为西藏的发展变化纷纷点赞喝彩。

“冬行西藏”全国通过网络媒体西藏行活动编辑记者们坚持深入一线、用心撰稿、深挖素材背后的故事，最终共刊播 112 篇沾泥土、带露珠、冒热气的原创稿件。他们各自结合自身特点，立足网络，通过图文、微视频、H5、VR 等形式，将一个真实的、发展的、幸福的社会主义新西藏展示给了世人。作为区内媒体参与记者，我在此次活动中从其他媒体学习了很多，不仅仅是在新闻采写基本技能方面，更重要的是作为新闻人的“工匠精神”。那份锲而不舍，那份持之以恒，正是一名一线记者应当遵守的新闻素养。

在此，再次对自治区党委网信办表示感谢，希望在今后工作中诸如此类活动越来越多，越办越好。

西藏的发展离不开全区各族人民不懈奋斗的努力。在党中央的亲切关怀下，在自治区党委的正确领导下，在全区各族人民的共同努力下，我坚信，西藏将会迎来更美好的明天。

全国网媒踏访高原冬季幸福生活

中国西藏新闻网：梁秦

2016 年 12 月 19 日，我有幸参加了由中央网信办网络新闻信息传播局指导协调，西藏自治区党委网信办主办的“冬行西藏”全国网络媒体行采访活动。来自全国各地 22 家知名网络媒体记者围绕“感党恩、爱祖国”“民族团结、社会和谐”“生态文明建设”“脱贫攻坚”等主题对本次活动进行了系列报道，短短 7 天的采访报道，让我感受到拉萨新面貌，群众的生活过得越来越红火。

一星期的行程，参加的媒体被分为拉萨采访组和山南采访组，前往 10 个县 20 个乡（镇）、20 个村（居）、5 座寺庙和 32 户农牧民家中，围绕脱贫攻坚、生态文明、民族团结、宗教和谐、民生改善等 15 个主题，通过图文、微视频、H5、VR 等形式多形式、多渠道，全面展示了真实的、发展的、幸福的社会主义新西藏。

我随全国网络媒体团拉萨组采访，拉萨采访组前往达孜县、林周县、墨竹工卡县、尼木县、曲水县、堆龙德庆区五县一区进行采访，主要对各个县区精准扶贫、易地搬迁工作，传统手工艺，净土产业等方面进行实地了解，通过采访我对相关扶贫工作、传统手工艺、净土产业的发展情况有了进一步地认识。通过采访各个县区的精准扶贫工作，我深刻地体会到西藏精准扶贫工作力度非常之大，使当地老百姓得到实实在在的优惠，群众们安居乐业，在寒冷的季节里，他们的心中充满了感激和温暖。

“一周的采访活动使我感到震撼，我深切感受到了西藏和平解放后发生的翻天覆地的变化。基础设施建设稳步推进，民生得到显著改善，生态环境保护良好，经济社会繁荣昌盛，各民族和睦团结一家亲……社会各界呈现出一片祥和景象。”凤凰网记者王滔说到。记者们深入基层、深入一线、深入群众，宣传好自治区党委团结带领西藏各族人民衷心拥护以习近平同志为核心的党中央的坚定决心和实际行动，宣传好以习近平同志为核心的党中央治边稳藏重要战略思想在西藏的成功实践和巨大成就，把真实的、发展的、幸福的社会主义新西藏展示给世人。

“‘冬游西藏’全国网络媒体行向我们展示了不一样的西藏，传统技艺、优秀文化、淳朴民风，让我应接不暇，有机会我一定还来西藏，去全面感受‘大美西藏’。”记者感叹道。

此次“冬行西藏”全国网络媒体行活动紧紧围绕习近平总书记的重要讲话精神，大力宣扬“老西藏精神”和“两路精神”，宣传报道西藏各族干部群众在区党委、政府的坚强领导下，大力推进经济发展、社会稳定、民生改善和生态文明建设的生动实践，展示好大美西藏的新风采、新风貌。

高原秋色

看西藏变化：自小生活在西藏的小编也惊讶了

快搜西藏：曹　磊

2016年12月19日，“冬行西藏”全国网络媒体行活动启动。来自全国22家网络媒体资深编辑、记者来到大美西藏，感受其独特的韵味及近些年发展带来的变化。

此次“冬行西藏”采访团共分为山南组和拉萨组，分别就8项民生措施进行深度采访报道。小编此次跟随拉萨采访团奔赴拉萨6县2区进行采访。

拉萨作为西藏首府，起到了脱贫致富的带头作用，那么到底发生了哪些变化呢？小编就根据各大网络媒体人员的采访来捋捋这些事。

交通便利

采访团一行乘大巴车前往达孜县和墨竹工卡县，在媒体人眼中，西藏的路不好走，但当他们看到汽车一直行驶在高速路上直到目的地后，纷纷感慨：市区通往县里的路比内地一些道路还好。

“听别人说西藏交通设施落后，旅游出行都必须配置较好的越野车才能通过，今天才知道，西藏的变化很快，高等级公路都覆盖到县上了。”中国网的记者望着车外平坦、宽敞的拉林高等级公路说道。

近年来，为了方便城市与各县贯通，方便广大群众出行，拉萨市着力于道路建设。拉林高等级公路、拉贡高速路、堆龙德庆区通往曲水县的高等级公路也已完工通车，至此，拉萨交通网已全面形成，不管走哪里都特别方便。

拉萨柳梧大桥

对自小生活在西藏的小编来说，从没想过西藏发展得如此之快。飞机、火车、汽车，通往内地城市的交通工具都已全部完善。不仅如此，西藏正加快川藏铁路和林周机场的建设。据说，川藏铁路建成后，从拉萨到成都只需 8 小时，到时周末都可以去成都逛逛呢，小编好期待呀！

脱贫攻坚

“说起来你们不相信，内地城市的人都认为西藏农牧民生活特别艰苦，常年生活在人烟稀少的地方，随遇而安，走到哪里就在哪里搭帐篷住下。可当我来西藏见到农牧民生活水平丝毫不低于内地农村生活水平的时候，我才知道以前的观念有失偏颇。”全国网络媒体一行走进达孜县易地搬迁项目一户农牧民家中时说道。

两层“别墅式”楼房、家具样样齐全、生活用品一样不缺，这就是农牧民生活的现状。小编从拉萨市政府了解到，拉萨市共有建档立卡贫困户 11237 户 44162 人。2016 年自治区下达拉萨市脱贫目标任务 16110 人，到 2020 年稳定实现建档立卡户“三不愁”（不愁吃、不愁穿、不愁住）、“三有”（有技能、有就业、有钱花）、“三保障”（义务教育有保障、基本医疗有保障、社会保障有保障）。

截至目前，拉萨市 18527 人越过贫困线，完成自治区下达 2016 年脱贫 16110 人目标任务的 115%、占全市总任务的 41.95%，城关区已率先在全区完成脱贫摘帽工作，为“十三五”开好局、起好步和全面建成小康社会奠定了坚实的基础。

其实小编也看到了西藏的变化，却没想到脱贫攻坚任务能做得这么快、这么好。看着农牧民住进了宽敞、暖和的新房子里，加上政府给予的就业政策，他们现在是真正不愁吃不愁穿，小编心里好暖和！

一户农牧民家的老人与孩子在新房内合影留念

后 记

冬行在世界屋脊上的网媒人

王 慧

世界屋脊是西藏的名片，也是西藏的发展基础。它俯瞰南亚、中亚和东南亚，是我国重要的国家安全屏障。

世界屋脊的庞大身躯拥抱着从亚热带跃进至寒带的旖旎风光，画风粗犷、跳跃。它自然资源储备丰富，有着我国面积最大的自然草场和天然雨林，是我国重要的生态安全屏障、重要的战略资源储备基地。

在这片120多万平方公里的雪域高原上，勤劳的藏、汉、门巴、珞巴等民族生活在得天独厚的野生动植物宝库中，建构了中华民族文化宝库中独特的藏文化。这片雪域高原是我国重要的高原特色农产品基地，也是重要的中华民族特色文化保护地。

鬼斧神工的森林、草原和沙漠、石漠，雪山、冰川和大江、圣湖，宗教、唐卡和造像、天珠，服饰、风俗和乐舞、藏戏，由它们共同构成的独特文化，使西藏成为我国重要的世界旅游目的地。

作为全国唯一一个省级集中连片特困地区，西藏风光雄奇，适宜居住的空间却有限，而且自然灾害多发。这里虽然资源丰富，地域分布却极不均衡，人口密度极低。

魅力西藏是西藏的名片，也是西藏经济的承重墙。西藏从来没有把工业化列入议事日程，最后的香格里拉才是其一以贯之的经济主线。

2016年，2000多万人次的进藏游客，虽然看上去那么的壮观，也只能够与西湖景区一个黄金周的流量比上一比。而且，境内外游客绝大部分集中在夏季进藏，到了冬季，即便想以价格补贴换取游客流量也收效甚微。

安全、缺氧、交通等顾虑，使大量的潜在旅行者虽对西藏心生向往，却不敢轻易踏足。要做到西藏故事世界表达，首先要做到西藏故事全国表达，在这方面区党委网信办责无旁贷。

2016中国内地最安全城市排行榜上名列首位的是拉萨，日光城的安宁和平由此可见一斑。

备战，迎接五湖四海的网媒记者们

党的十八大以来，以习近平同志为核心的党中央先后提出“治国必治边、治边先稳藏”重要战略思想和“加强民族团结、建设美丽西藏”的重要指示。

在中央的特殊关爱下，区党委政府团结带领全区各族人民坚定不移走有中国特色、西藏特点的发展路子，沉着应对各种风险挑战，取得经济、文化、社会、生态文明建设新成就。

为深入宣传党中央治边稳藏重要战略在西藏的成功实践，深入宣传区党委全面贯彻落实中央决策部署的新政策、新举措、新成效、新经验，深入宣传西藏翻天覆地的历史巨变和崭新面貌，在中央网信办传播局的主导下，区党委网信办承办了“冬行西藏”全国网络媒体行活动。

为做好服务协调工作，给来自中央重点新闻网站、国内知名商业网站等22家网络媒体的24名记者营造宾至如归的工作氛围，从中央网信办到自治区党委，从区党委宣传部到网信办，再到网络新闻信息传播处，都给予了高度重视和人力物力保障。

为使采编报道更为全面高效，准确刻画大美西藏、魅力高原，边巴扎西常委亲拟了15个采访题目，个个紧贴当前西藏大势大局，并与媒体团逐一道来，每个采访题目都深刻精彩令记者们动容。缺氧和寒冷鼓舞了记者团的斗志，记者们迅速分赴拉萨、山南两市10县20

个乡（镇）20个村（居）5座寺庙和32户农牧民家中脚踏实地采访。

血祭，那些用生命铺就天路的烈士

张国华没去过西藏，但爬过雪山、趟过草地的经历让他也知道其中的“深浅”。

已被任命为川南行署主任的十八军军长张国华带领着他已经转入和平状态的战士们向着世界屋脊开拔。那里的平均海拔超过四千米，急行军中，军马倒毙殆尽，几乎每一次休息都有同志再也没有站起来。

就是在这样连战马都难以存活的环境中，连补给都很困难的解放军战士不仅要行军作战、团结群众，还担负着筑路的艰巨任务。高寒缺氧、地质条件恶劣，使得川藏公路平均每推进一公里就要牺牲一个人。

这段历史是了解西藏的入门课，也是高原赋予人们最深刻的印象之一。即便是见多识广的年轻新媒体记者，也对西藏现代化的交通网缺乏了解。记者们此行首先感受到的便是西藏畅通的公路网，这和他们想象中的道路阻塞、崎岖难行大相径庭。

1950年，毛主席顺应历史潮流和各族人民的期待，做出了和平解放西藏的决定。经过昌都战役后，1951年5月23日，中央政府和西藏地方政府签订了《十七条协议》，彻底粉碎了帝国主义分裂中国西藏的图谋。

随后，解放军全面开进人迹罕至的边防线，他们修路架桥，为西藏绘制出了一个现代化的交通网。

2014年8月6日，川藏、青藏公路通车六十周年，习近平总书记对“一不怕苦、二不怕死，顽强拼搏、甘当路石，军民一家、民族团结”的“两路精神”给予了高度赞扬。

六十多年过去了，公路、铁路、航空，西藏建起了发达的立体交通网。“听别人说西藏交通设施落后，旅游出行必须配置较好的越野车才能通行，今天才知道，高等级公路已经修到一些县上了，比内地一些道路还好。”记者如是说。

十八军、青海支队、阿里先遣连等，他们所从事的伟大事业，以及由此产生的伟大精神，已经深入西藏各族干部群众的骨髓之中。

交通有了保障，经济也更有活力，即便是在偏僻的乡间公路上，也时有车流。在拉萨市区，特别是夏天，时常会在市中心小堵一下。在内地城市中，堵车令人心情不悦，同样情景发生在西藏，却让人感受到莫名的欣慰。

“进藏确实苦，可是西藏人民世世代代在农奴主残酷压迫之下生活，岂不更苦？”这句话是张国华在十八军进藏动员大会上说的。明知山有虎偏向虎山行——老一辈的担当！

今非昔比，在高度机械化的今天，新一代的筑路大军正在修建更多更好的公路、铁路和机场，他们将赋予“长征精神”“老西藏精神”和“两路精神”新的时代内涵。

央视网记者、曾经有过西藏工作经历的何川说：“没来之前，我感觉西藏的发展与全国相比距离很大。来了之后，才发现我之前的想法多么狭隘。在这里，我看到了融洽的民族关系，令人敬佩的基层干部，蓬勃发展的各项事业。作为一名记者，看到老百姓生活得到改善后发自内心的笑容，我就想立即把所看所感传递出去，告诉大家一个真实的西藏，让国内外网民看到西藏的发展变化。”

致敬，那些甘于奉献一切的老西藏

旧西藏维持着世界上极为黑暗、落后、残酷、野蛮的封建农奴制度，给人的印象是阴森的人骨法器、匪夷所思的肉刑、肮脏破败的街道和衣衫褴褛的乞丐。

“我认为西藏农牧民生活特别艰苦，常年生活在人烟稀少的地方，随遇而安，走到哪里就在哪里搭帐篷住下。可当我来西藏见到农牧民的真实生活水平的时候，才知道以前的观念是错误的。”快搜西藏记者曹磊在记者手记中如实反映了网络媒体记者们的实感。

中国经济网李婧在冬行西藏的感想中写道：“布达拉宫广场上享受阳光的群众、大昭寺前虔诚的信众、在藏南途中遇到的牧民们、在吉西村碉楼下摇着转经筒的老阿妈，还有洛扎县色乡农民合作社的工人们……与人们头脑中贫穷、落后的印象完全相反。”

从解放军在昌都创办第一所现代小学开始，六十多年来，西藏建立起义务教育、高等教育、职业教育、特殊教育等教学设施完善、师资队伍庞大、学科门类齐全的现代教育体系，建立起从出生到死亡的社会保障体系。

国际在线记者易成晨写到：“再穷不能穷教育，西藏的十五年免费教育冠绝全国，让人不得不服。而养老上，西藏已经实现县级以上集中供养全区覆盖，只要老人愿意，就能在此安享晚年。在达孜县养老院，老人们的反馈证明此言不虚。”

“西藏和平解放六十多年来，各项事业取得了举世瞩目的辉煌成就。城乡焕然一新，从过去衣不蔽体、衣衫褴褛、粗衣麻布到现在的华丽装束，从泥泞崎岖的山间土路到宽阔平坦的柏油大道，从微弱昏暗的酥油灯到阡陌纵横的电力网络，作为网络媒体人的我们亲身感受着西藏取得的巨大成就。”中国西藏新闻网记者刘金鹏在随同全国媒体行采访时如是说。

新西藏的各族群众，在千千万万共产党员的带领下，万众一心、顽强拼搏，共同缔造了繁荣进步的今天，正在创造更加美好的明天。“从机场出来，一路上随处可见热火朝天的工地，无论是川藏线的穿山隧道，还是柳梧新区的高楼大厦，给我的印象是欣欣向荣，这是一个发展的西藏。”这是第一次来到西藏的李婧亲眼所见的情景。

各路进藏部队和老一代进藏工作的前辈们，以高度自觉的爱国主义精神扎根高原，自力更生，吃苦耐劳，以边疆为家，缔造了“特别能吃苦、特别能战斗、特别能忍耐、特别能团结、特别能奉献”的“老西藏精神”。

“在西藏进行基础设施建设的艰难程度都是其他任何地方所无法想象和无法比拟的，在陡峭的、易滑坡的、几乎没有植被的高山上建设输电铁塔，其难度更是不言而喻。高山上的一座座铁塔就是西藏发展的座座丰碑。”年轻的易成晨看着远处的高山感慨地说。

一代代的社会主义新西藏建设者们接过“老西藏精神”的大旗，想群众之所想，忧群众之所忧，紧扣发展稳定这一主题，基础设施建设、精准扶贫、环境保护、农牧民安居工程等，一个都不少，一个都不能落下。

“精准扶贫脱贫为偏远山沟百姓生活带来的巨大改变，家家户户飘扬的五星红旗，诉说着今日的幸福生活。”这是中国西藏网记者陈卫国对两次到山南边境县区的所见所感的真切形容。

和平解放后，区党委政府贯彻党的宗教政策，按照政教分离和信仰自由原则，积极引导藏传佛教与社会主义社会相适应。通过对僧尼进行历史和法规教育，引导他们树立公民意识和正确的祖国观、民族观、文化观。通过各种惠寺惠僧政策，对僧尼的宗教活动和日常生活提供全方位保障。

恰嘎曲德寺僧人平措与凤凰网编辑王滔聊天时说：“作为一名经师，只要老百姓有需求，我就会去为他们念经，满足他们的信仰需求。我的弟子通过学习也可以按照藏传佛教的修行次第一步步通过考核，考取藏传佛教的最高学位。我们的衣食住行、生老病死国家都管了。我来去自由，有条件潜心修行，这是旧西藏僧人做梦也想不到的。”

没有共产党就没有社会主义新西藏，无数老西藏献了青春献终身，献了终身献子孙。在他们这种精神的指引下，一个欣欣向荣、美丽幸福的社会主义新西藏屹立在世界屋脊。

央广网记者、甘肃夏河藏族牛夏来在体会中这样描述："今天的西藏魅力已经不单单是'天人一体'的人文景观，还有令人惊叹的发展进程、变迁步伐。第三极不再遥远，它正以不可想象的速度向我们走来，带着神圣与新潮。"

拥抱，来自社会主义大家庭的温暖

和平解放、民主改革、社会主义建设、改革开放等各个历史时期，特别是中央前后六次西藏工作座谈会的重大决策，还有进藏、在藏、援藏干部以及博士团、医疗团（队组）、西部志愿者、支教支边以及驻村驻寺干部等等所要做的，都为了一个目标——西藏的发展稳定和民生改善。

几乎每一位网媒编辑记者的手记里都有类似描述："只有到了西藏，才能真正体会到西藏离北京虽远，但西藏各族干部群众的心却与中央帖得很近很近。家家户户崇敬地挂着国家领导人画像、插着鲜艳的五星红旗，在西藏，这一现象尤其令人印象深刻。"

"西藏的优惠政策之多，就像天上的星星和地上的牦牛，看也看不完，数也数不清。"搜狐网编辑钟庆辉对洛扎县生格乡群众说的这句话记忆尤其深刻。

从拉萨到山南，再到走村入户的采访，驻村驻寺工作队，本地、进藏、援藏干部，当地致富带头人、农牧民，几乎每一个受访人都表达了相同的感受，没有丝毫造作，"我们的房子越来越好，环境越来越美，水电路设施都配齐了，屋内摆设的都是电器和新式家具，城里好，农牧区也不差，这一切都源于党和政府的关怀。"

网媒记者编辑的感动与群众同在。我们感动于贫困户"住上新房子、用上新家具、盖上新被子”，精准扶贫脱贫政策给老百姓带来的巨大实惠；感动于幸福村里74岁老阿妈的朴实话语，没有党哪有她；感动于一个村100多户民族团结家庭和睦幸福的生动情景；感动于4700米高海拔县城供暖工程、旧房改造、河变湖湿地保护、树成活的伟大实践；感动于自治区党委政府“冰天雪地也是金山银山”的严格的生态保护政策；感动于驻村驻寺干部一心为民的辛勤努力和艰苦工作……

风光优美、人民幸福，这是作家眼中美好的“香巴拉”，真实地呈现在神圣而美丽的第三极。7天，3000余公里，冬行西藏不仅是一次视觉中的震撼，更是一次心灵上的洗礼。一幅幅生动的图像，一帧帧鲜活的视频，一篇篇详实的报道。“西藏的发展变化，是坐在办公室里的我们所想象不到的，只有亲自来到西藏，来到基层农牧区，来到农牧民家中，我们才能真正了解。”光明网记者王恩慧在接受山南电视台采访时很有感触地说。

120多篇原创稿件，点击量超1亿次，微博阅读量超过220万人次，10多个国家受众关注。这就是冬行西藏网络媒体行的效果。

不谋万世者不足谋一时，不谋全局者不足谋一域。

冬行西藏是一次创新，更是一个好的开端，它展现了我们网媒巨大的推介能量，开拓了我们的视野，丰富了我们的认知和经验。未来日新月异的新媒体技术必将助推网络媒体一路高歌猛进，使优质内容呈现的形式更加多元。我们西藏网信人在其中更要紧抓机遇，挺立潮头，建构与中央重点新闻网站和国内知名商业网站以及三微一端等强大网络舆论场，把握和推动区内媒体深度融合的好时机，权威、精准、即时、主动发声，用网民喜爱的形式，多措并举，把真实的发展的幸福的社会主义新西藏呈现给国内外网民。

“冬行西藏”全国网络媒体行——记者在路上